海外ドラマ
で面白いほど英語が話せる超勉強法

看美劇，
說出一口
好英文

一天**30分鐘** + 高效筆記術

訓練用英文思考的大腦，從聽說讀寫提昇英語實力！

出口武賴——著　林農凱——譯

中文版推薦序

　　看到這本書的時候，我有一種「這好像是我自己寫的書」的感覺，因為作者的經歷與我實在太相似了！很多人都希望透過英文的娛樂素材學習英文，例如電影、音樂或是電視劇等，但是一直沒有一個明確的學習方法指引，而本書的內容正是任何人都能上手的美劇英文學習法，也和我自己的學習方式非常類似。

　　作者從來沒有留學過，卻靠著模仿美劇對話情節以及紀錄片語對話的方式，練就流利的英文能和外國人對談，最大的關鍵就是從美劇情節裡學習，可以真實地瞭解應用這些內容的場合，並在真實的日常情境裡應用。

　　我的經歷也是一樣的，我從大學時期起開始撰寫美劇影評部落格，就一邊將學習英文的習慣納入觀看影集時做的研究裡，達到娛樂、教育與創作同時進行的效率模式。

　　作者利用 The Phrase Book 來紀錄他所看到的簡短對話，並紀錄適用的範例情境，我除了有類似的筆記方法以外，則是會先看一次英文字幕版本的影集內容，再用中文看第二

次，如此一來就能將第一次自己猜測的語意跟單字做確認，達到快速學習的效果。這樣的學習方式，讓我即便沒有考任何英文檢定（托福、多益）、沒有出國留遊學，也同樣找到了在新加坡的外商工作，在每天使用全英文的工作環境裡面自在適應。

最後更讓我覺得與作者共鳴的，是他所選擇推薦的美劇，其中一部《靈書妙探》正是啟發我開始創作的影集，我的部落格筆名 Castle 也是參考裡面的主角 Richard Castle 而來，當這部影集發行時，我甚至有去買影集裡虛構撰寫的小說來當作英文學習的教科書！

對我來說，這本書是他鄉遇故知，有志一同的惺惺相惜，希望各位閱讀之後，也能有相見恨晚的共鳴與喜愛感，學會真正娛樂與效率兼具的英文學習方式！

臉書「黑咖啡聊美劇」板主
Castle

前　言

各位讀者大家好，我是出口武賴，就讀於東京藝術大學美術學院藝術學系。

或許你會想「東京藝大生卻出英文工具書」？不過，正是因為我的英文學習歷程有點特別，所以才決定跟各位分享我的英文學習之路。我從國一開始，便很少認真讀教科書，也沒留學過，可以說我幾乎只靠「美劇」學英文。即使如此，我在國高中這六年仍獲得以下成績：

- GTEC、TEAP（相當於國內 GEPT 全民英檢）等英文語言檢定口說滿分
- 高二東京都立高中英文演講大賽冠軍與評審特別獎
- 高三第一次考 TOEIC 考取 870 分
- 2018 年全國統一考試（即大學入學考）英文滿分 200 分

我透過這個方法學習英文，高中就能與外師用英文聊天，請他們推薦美劇，或跟他們聊聊我的興趣，比如佛像或武術。現在我上了大學，也能用英文流暢與外國老師友人溝通。

以上看來像是我自吹自擂，但其實厲害的不是我，而是我選擇了優秀的英文教材。而這所謂的教材，正是本書要介紹的「美劇影集」。

我原本不喜歡念書，國中剛開學英文時，我很討厭背單字文法。不論是學校教科書還是英文題庫集，我幾乎都沒有翻過。然而，我唯一能持續不間斷的英文習慣就是看美劇。

一開始我也只聽懂 "Yes." 或 "OK." 這種簡單的英文，必須開日文字幕才看得懂故事，可是這些影集劇情引人入勝，到現在七年時間，我已經看了超過 50 部，多達 3000 集以上的美劇影集。

而為了將美劇的英文句子活用在日常會話中，我開始做起自己的美劇英文筆記「My Phrase Book」。接著，我的英文能力就有了飛躍性的提升。

看美劇 → 把喜歡的句子寫在 My Phrase Book 裡

就這麼簡單。我現在大學一年級，沒留學或長居海外，即使是這樣的我，也說得一口流利的英文。從這些經驗，我可以斬釘截鐵地說，想開口說英文，不需要死讀英文教科書，也不用花大錢出國留學。而且，不管你的英文程度為何，都能從中有所收穫，並且達到「將英文說出口」這個目標。不管你在學英文過程中遇到挫折，又或是煩惱英文學再多都開不了口，試試看美劇吧。

2019 年 3 月
出口武賴

Part 1 觀念篇

看美劇是學習英文會話的最佳方式

Part 2 實戰篇

美劇 x My Phrase Book，提升英文力的學習方法

Contents 目　錄

Part 3 進階篇
說得更好！發揮美劇 120% 的進階技巧

看美劇是學習
英文會話的最佳方式

一提到英文學習，最常聽到的煩惱就是「容易半途而廢，無法持續下去」。透過看美劇，這個問題就能輕鬆解決。美劇就像集結實用片語於一身的會話寶典，無論你的英文程度是初階還是進階，透過美劇，你能輕鬆學到最道地的用語以及發音語調。

01
學習容易半途而廢的你
務必試試這個方法

**美劇最大的優點就是
可以「持之以恆」！**

　　美劇指的是由外國製作並播映的電視影集，尤其是指英美影集，也就是劇中人物使用英文來對話的影集。現在市面上充斥著多如繁星的英文學習工具，不過，本書特別推薦用「英美影集」來學習英文，因為其最大的優點，便是**可以持續不間斷學習下去**。

　　現有的英文學習方法，像是去補習班上英文會話課，或讀題庫、單字文法書，很容易讓學習者感到挫折，其中最常聽到的原因就是「無法持續下去」。不過，若是看美劇的話，就不用擔心這點。

　　英美影集與一般的「英文教材」不同，教材以學會英文為目的，但影集說到底就是娛樂。**影集本來就是為了讓觀眾可以不斷看下去，享受追劇的樂趣而製作**，說不定要你看到一半停下來，還比較困難呢。

我自己並不擅長乖乖坐下來念書，也不喜歡複雜的學習方式，但這種學習法可以讓我忘記我是在「學」英文，而只是單純地融入劇情當中，所以才能讓我這樣沒耐心的人持續學習了七年之久。

看電影也可以吧？

或許有人會認為「不用看美劇，看電影也可以」，不過，其實電影與影集有著決定性的差異。

電影基本上兩個小時左右就會結束，每次看完都想著「明天要看什麼」很費心思，再說，就算反覆觀看同一部作品，再棒的電影也會看到煩膩。不過，影集就是會有「續集」，你可以不間斷地一直學下去。

一般來說，英美影集大概會播映半年到一年的時間便告一段落，這個稱為「一季」。一季大約有 20 ～ 30 集，多數影集都有五季之長，有些大作甚至長達十季。一旦開始觀賞影集，你不用煩惱接下來要看什麼，可以一直看下去。正因為你會在意劇情後續發展，你反而還會追到停不下來。此外，由於影集的故事有連貫性，**劇中許多單字、句子與用法會重複在後續集數看到，因此比較容易留下印象，進而記憶在腦海中。**

雖然各個作品不同，不過多數影集一集只有 20 ～ 40 分鐘，遠比電影短上許多，可以想看就看——這也是影集的優勢之一。學習者能配合自己的忙碌程度與英文能力，調整每天看美劇的量。

　　語言學習最重要的就是每天持之以恆，才能一點一滴累積進步。將方便安排到日常作息中的英美影集作為學習英文的工具，自然是最適合不過的了。你不須訂下「每天看一集」這樣的規定，有空或是很在意劇情後續的時候，再一口氣看好幾集當然也沒問題。順帶一提，「一口氣把影集看完，追劇」的英文是 binge watching。

　　在有些疲累的日子，你可以看喜劇大笑一場恢復活力，放假時就沉浸在有些嚴肅的作品世界中。在一天的工作或課業過後，還得好好坐下來讀書或許令人生厭，不過，透過看美劇學英文，你**只要運用回家 30 分鐘看電視的零碎時間**，就能開心學習英文會話，當然也就不會感到挫折了。

02
英文初學者與進階者
都很適合看美劇學英文

英文初學者
就靠中文字幕放心追劇

我一提到看美劇學英文，就會有人說：「可是我根本連個英文單字都聽不懂啊……」你也許會認為，英文初學者很難使用這個方法學習英文，不過，完全不用擔心這件事。

本書並不是要訓練你憑空聽懂英文。其實，你只要**打開中文字幕看美劇，並將想學起來的句子寫到筆記本上就可以了**。光是這樣，你就是在累積自己的英文實力。因為有中文字幕，所以你不會有看過去什麼也聽不懂的情況，初學者可以保持動力繼續學習下去。第二部分會介紹更多即使是英文初學者，也能輕鬆追美劇學英文，並持續下去的方法。

我從國一開始看美劇的時候，可說完全聽不懂劇中內容。說來慚愧，當時我唯一聽懂的單字只有 hello 而已。即便如此，我到現在都還記得，當時心中那股「原來他們真的會用 hello 打招呼！」的感動。

雖然上面這個例子水準略顯低落，不過我想表達的是，若你把英文當成「教科書或參考書上的課題」，那英文不過就是一門枯燥無味的科目，很容易就失去興趣。然而，透過影集，你會看到角色實際使用英文對話的樣子，就會將英文視為「溝通工具」而產生興趣。一旦產生興趣，就會想把英文記起來，也就能更快進步。我想，各位應該都有類似的經驗才是。

不同類型美劇
聽力難度也有所不同

妥善選擇影集類型，是初學者一開始要注意的訣竅。不同類型的美劇，其台詞所用到的單字跟句型也會有很大差異，各位最好先選擇用字比較簡單的影集。

譬如，**多數喜劇的用字簡單，也富含許多可在日常生活使用的英文表達**。尤其是在美國很受歡迎的情境喜劇（situation comedy，有時縮寫成 sitcom，指固定場景中，固定角色透過對話推展劇情的喜劇演出形式），台詞大多都是日常生活中常見的瑣碎對話。

喜劇最常出現朋友家人間輕鬆詼諧的對話場景，相當適合初學者學習日常生活裡最實用自然的表達方式。

英文進階者
可注意專門用語及表情肢體互動

　　英文有一定程度的讀者，看到這裡，或許會覺得「這種方法對我來說沒什麼幫助」，但絕非如此。

　　前面有提到，看美劇學英文時，需注意所挑選的影集類型。因此，對英文程度不錯的人來說，就很適合看法庭劇或政治劇這類影集。這類影集頻繁使用單字書不太會收錄的專業術語，也會出現很多所謂的高 IQ 角色，這類角色的用字遣詞較為進階簡練，相當值得學習。因此，**即使是有一定程度英文的進階學習者，也能透過看美劇，加強字彙量以及表達力**。

　　除了用字與句子以外，我在後方章節還會介紹，進階者如何活用美劇，學習用英文玩諧音玩笑等「道地英文互動」，**各位可藉此了解英美國家的風俗習慣**。這些文化上的差異，在參考書中往往很少提到。對於有一定程度英文能力的人來說，能**學到一般只能在當地體驗到的事，也是美劇學習法的一大優點**。

03
看美劇學短句
說出一口流利的英文

為何學「短句」
就可以說出一口好英文？

我在撰寫本書時，曾經問過幾位朋友：「用英文溝通時，你們最常感到不安的是什麼事？」

許多人回答：「不知道對方說的單字是什麼意思。」「不知道自己想說的話，對應到的英文單字是什麼。」

不少人無法開口說英文的理由是「不知道單字」。各位或許會認為，所謂的英文會話就是「把腦海中的中文句子一個字一個字翻成英文，然後說出來」。

但其實這是極為困難的事，是受過訓練的專業口譯員才會具備的專業能力。這表示你要具備足夠英文實力，才能將腦中所有母語句子翻譯成英文。而且令人遺憾的是，多數人用此迂迴方式所說出來的英文，即使文法正確，往往也辭不達意。因為以這種思考模式所說出的句子，與英美母語人士

的語言相差甚多。

單字量固然是學習一門語言的基礎，懂越多字當然越好，但並非只要懂了單字就會說英文。事實上，英文說得出口跟說不出口的人之間，單字量並沒什麼太大差別。關鍵是，**單字若不能串聯成句子，就沒有意義**。

想像一下，將腦中的母語逐一翻譯成英文後再說出來，會發生什麼情況？比方說，有個老外在你很忙的時候跟你搭話，你可能會想對他說「晚點再找我」。

「『晚點』的英文是 later，『找』的英文是 find，那就是 "Find later."……總覺得哪裡怪怪的，講 "Later." 不就好了嗎？」

你或許會像上面這樣，在開口講英文之前，絞盡腦汁想將中文轉換成英文。然而，只要**改用「短句」為單位來理解英文**，就可以馬上聯想到用 "Catch me later." 這個短句來表達。只要在腦海中將各種影集場面與適當的短句做連結，就能立即反應，說出合宜正確的英文。

甚至，你若是知道「我現在抽不出身」、「抱歉」的英文怎麼說，你還能將句子加長：

Catch me later. Kind of crazy right now. Sorry.

我等一下做，我現在抽不出身。抱歉。

這些都是在英美影集出現過的表達方式。你若沒看過這些句子，想表達「抽不開身、手上沒空」時，你可能就會逐一翻譯，而用 hand 之類的單字來表達了。

串起短句
就能流暢說出英文！

說英文時，重要的不是「單字量」而是「句子量」！**不是串聯單字說話，而是串聯短句說話**。

只要意識到這一點，你很快就能開口說出一句又一句完整的英文句子。改用比單字更長、意思更完整的短句來說話，就能減少因為單字量不夠而遭遇挫折的情況。

此外，用短句說話，還可以減少因為擔心「文法不正確」而開不了口的窘境。你不需要熟悉全部文法規則，只要將記起來的短句配合實際情境，稍微修改主詞或是受詞就可以了。

省去將中文句子翻譯成英文的時間，不僅能改善對話節奏，也不會發生最後沒能將真正想說的話說出口的問題。自己輕鬆、對方好懂，用英文短句說話的優點非常多。

美劇之所以能夠幫助我們自然學會這樣的句子，是因為英美影集就是**透過角色間的對白來架構劇情**的。換句話說，美劇可說是日常會話句型的寶庫。此外，美劇還具有影像與故事等「情境」（下一章說明），更能快讓學習者理解這些短句的使用時機。

若你只是在參考書上看到「Catch me later. 等一下再找我。」這一句話，你只能死記硬背下來。然而，透過美劇的呈現，同樣一句話，你還能了解「劇中角色因為很忙，所以說了 Catch me later!，所以這個句子是沒空的時候會說的話。」劇中主角一邊說出 Catch me later!，一邊匆忙離開的背影，你也會一併記住。

改用短句學習英文對話吧！

如果將腦中的中文句子一個一個字翻譯

「晚點再找我。」

「晚點」的英文是 later，「找」是 find 嗎……？

用短句來記就不會欲言又止！

「晚點再找我。」

用 Catch me later. 就好。

04
沉浸在美劇情境
自然提升英文實力

怎麼翻譯 I'm sorry. ？

學習語言的關鍵就是「情境」（context）。情境指的是文章中每個句子的前後關係以及關聯性。**在英文中，隨著情境不同，同一個單字或句子的意思常常會有所轉變**。

你會怎麼翻譯 I'm sorry. 這句話呢？翻成「抱歉。」還是「對不起。」？

美國情境喜劇《歡樂滿屋》（*Full House*）中有這麼一個情節，才六歲的史蒂芬妮惡作劇搞砸了舅舅傑西的約會，然後向他道歉。

Stephanie: I'm sorry, Uncle Jesse.

Jesse: Yeah. I'm sorry, too.

史蒂芬妮：對不起，傑西舅舅。

傑西：是啊，我也很遺憾。

在這短短兩句對話裡，我們知道 I'm sorry. 除了「對不起」之外，還有「覺得遺憾」、「感到可憐」的意思。運用 I'm sorry. 的多種意思來玩雙關語，在美劇中經常出現，我們再來看另一個例子。

以下是《歡樂滿屋》的續集《歡樂又滿屋》（*Fuller House*）中的一幕。劇中兩個女孩吵架後，大人介入，要求她們彼此道歉：

Kimmy: I'm sorry…that you're such an idiot!

金咪：我很抱歉……我對妳是這麼一個大白痴感到可悲！

觀眾原本以為金咪會乖乖道歉，可她卻在最後用了雙關語，把話轉成繼續說對方壞話，一點都沒有反省的意思。

I'm sorry. 還可以來安慰失去親友的人：

I'm sorry for your loss.

我對你的失去感到遺憾。

如我先前提到的，如果要你看著課本上的 I'm sorry. 死

背「對不起」、「覺得遺憾」等定義，這種記法非常辛苦。不過，若是透過看美劇來學習，就能搭配影像，體驗各種使用 I'm sorry. 的場面，並深刻了解，句子會隨著情境改變意思與用法。

運用情境玩文字遊戲
你就是英文行家！

美劇中常會看到角色活用情境與文字意思，透過對話大玩文字遊戲進行巧妙互動。懸疑影集《靈書妙探》（*Castle*）中就出現以下這段情節：

Castle: Do I look like a killer to you!?

Beckett: Yes, you kill my patience.

卡索：我看起來像殺手嗎！？

貝克特：是啊。你殺光了我的耐性。

貝克特是位女刑警，她正在調查一場殺人事件，但是卡索擅自行動。

kill my patience 直譯就是「殺死我的耐心」，也就是暗

示對方她很煩躁。卡索不用 murderer 形容「殺人犯」而是用了 killer，貝克特才能隨口反擊，顯示出貝克特是個思緒敏捷的人。

不只是在戲劇裡，英美人士在實際生活中也喜歡這種你來我往的互動，不僅彰顯我有認真聽你的話，還能炫耀自己的字彙與表達能力。雖說這個文字遊戲可能要等英文程度很好才能輕鬆運用，但你若想試試這種趣味橫生的說法，最快最好的方法就是透過美劇學習，還能一併了解應用時機。透過看美劇，你就能學到「**善用同個字的其他意思**」、「**用簡潔有力的句子回嘴**」等技巧。

05
美劇是窺見英美文化與
價值觀的第一手現場

靠美劇就能「數位留學」

看美劇學英文最有趣的優點，就是從中窺見英美人士的思考方式與習慣。

拿英國貴族歷史劇《唐頓莊園》（*Downton Abbey*）這部描寫 20 世紀初逐漸衰落的英國貴族家庭的影集來說，我經常看到貴族們在大宅內用餐的畫面，其中我發現了一件事。當女性在用餐中途離席時，男性必定會下意識做出即將起身的動作。這個動作簡直就像烙印在他們的身體一般習以為常，讓身為觀眾的我深刻體會到當時英國的用餐禮儀。

之後我在其他以現代美國為背景的影集，也看到類似的場景。律師或政治家等社經地位高的男性都會做相同的動作（不過的確也有些做作的感覺）。

美劇還會出現許多我們不熟悉的西方習俗與生活習慣：

- 在美國，感恩節（Thanksgiving）是盛大節日，家族會聚在一起吃團圓飯。

- 英美文化中有這樣的童話故事：小孩子拔掉乳牙之後，睡覺時牙仙（Tooth fairy）會來把拔掉的乳牙換成金幣。

- 在美國，軍隊是很日常的存在，幾乎每個人都很尊敬退役軍人。

　　追美劇除了能夠學英文，還能了解當地的風俗民情，所以我將追美劇稱為**「數位留學」，因為美劇可說是英美人士實際生活的縮影。**

　　我並不是要各位去學習英美國家的禮儀。只是如果各位能事先知道這些各式各樣的文化，當實際碰上時，就能做出合宜有禮的對應。若能事先了解對方文化，也能減少因語言不通而尷尬的窘境。

　　我高中的一名外籍老師，擁有韓國、義大利、菲律賓、以及美國血統，也能靈活運用日語、英文等五國語言，是在聯合國兒童基金會服務的「國際人」。

我有次問他：「要如何學會一門新的語言？」

「**看那個國家的電視劇。不只是語言，行為、文化，甚至是價值觀都能透過電視劇看出來，非常有趣。**」他這麼說。

據說他靠著NHK的晨間劇^(註)，在半年內就學會日文了！

註：晨間劇為日本 NHK 電視台所製作的連續劇系列，顧名思義就是在晨間播出的日劇，時間僅 15 分鐘，主要收視觀眾為每天最早起的家庭主婦，所以劇情主題貼近日常生活，出現的台詞簡單且生活化。

比起電影或西洋歌曲，
我更推薦看美劇學英文

　　除了美劇影集，想聽道地英文，還有電影和西洋音樂這兩個管道，不過我特別推薦影集。

能聽到的英文
一集影集多於一部電影

　　美麗場景與演員演技是電影的最大看點，不過影集精采之處卻是在於輕鬆風趣的對話與劇情推展（並不是説影集就沒有美麗影像與優秀演技），這點在喜劇更是明顯。喜劇影集只需靠角色間的對話，就能引發笑點、推動劇情，也常有從頭到尾都在説話的劇情。因此，有時一部長達兩小時展現壯闊影像的電影，其對話量可能跟一集 40 分鐘的影集沒有差別，甚至還會有影集的對話量多過電影的狀況。

　　先前提過，影集通常持續好幾季，為避免劇情千篇一律，有時會加入新角色，如此一來，能聽到的英文就會更豐富，也能讓自己習慣聽多種口音。

　　雖然我也喜歡看電影，但以片長來看，我很難用電影學英文，因為我很難能持續兩個小時不停地做筆記學英文。在

這點上，一集僅 40 分或更短 20 分的美劇影集，更適合做為學英文的工具。

西洋歌曲欠缺前後文

跟美劇相比，西洋歌曲最大優點是有旋律搭配，能輕易琅琅上口，句子也因此更好記。此外，歌詞往往有押韻，能學到很多有趣的句子。

然而，歌詞並非對話，欠缺前後文脈絡，我們難以了解這樣的表達該用在什麼情境，也就難以應用到會話中。有時歌手為了配合旋律，詮釋歌詞的方式會與正常說話不同，因此在發音與音調上也會有所偏差。

有些西洋歌（如 rap 或 hip pop）會出現大量俚俗語以及非正式英文。若是想以音樂話題炒熱氣氛，了解俚語無傷大雅。然而，俚語與非正式英文並非語言學習的優先部分。英文學習者更須留意，盡量別在實際會話中使用這些俚俗語。

喜愛西洋歌曲的人，我推薦《歡樂合唱團》（Glee）這部美國影集，是有關一群高中生甩開校園階級，挑戰全美歌舞大賽的故事。劇中改編大量經典西洋新舊歌曲，是唱跳俱佳的歌舞劇傑作（細節可看第四部分）。

帶得走的追劇技巧 # Part 1

1. 每天找出零碎 30 分鐘追劇,輕鬆提升英文會話力。

2. 初學者可以看情境喜劇,進階者就挑戰法庭劇或政治劇。

3. 想快速進行英文會話,就記下影集中的短句吧。

4. 連結影集台詞與情境畫面,加速英文學習效率!

5. 透過美劇,你也能一窺英美文化與價值觀。

美劇 × My Phrase Book
提升英文力的學習方法

了解看美劇學英文的優點之後，我在這一部分會介紹具體的學習方法。首先，我會分享我用美劇學英文的經歷，讓各位知道這個學習法如何誕生。接著會仔細說明「追劇前該做的準備」。

其實，各位只要有「可以觀看美劇的環境」、「紙筆」、「小筆記本」這三樣東西，你就能隨時隨地學英文。還請各位一邊閱讀，一邊跟著我做準備，從今天起，開始看美劇學英文！

01
沒出過國的大學生
跟老外 流暢聊天 的秘訣

首先，我先說說我的英文學習歷程，希望可以讓各位明白，像我這樣沒出過國的普通大學生，只靠「**美劇**」×「**My Phrase Book**」學習法，究竟提升了多少英文能力；看了七年美劇，現在英文變得如何？想快點看到具體實踐方法的讀者，可以直接跳過這一章，看本部分的第二章（第46頁）。

下町的空手道少年，迷上了美劇

我是在東京下町土生土長的一名普通大學生。我原本不喜歡也不擅長英文，也沒有從小就開始學英文。

其實我的父母都是從事英文教育相關的工作，但在家中，他們反而讓我遠離英文。他們希望我先學好母語，之後再學習外語。托他們的福，我成長為一名喜愛寺廟與神社，每週一次去道場練習空手道的老成少年。這樣的我初次遇見

英文，是我國中一年級的時候。

我就讀的是東京的兩國高中附屬中學，這是一間國高中一貫的公立學校。剛上國中的時候，我在課業上感到最不安的，就是國中開始就必須認真面對的科目：英文。在雙親說「現在這個時代不懂英文會吃虧」的建議之下，我為了習慣英文，只好盡可能地開始看美劇。我原本就討厭靜靜坐在書桌前看教科書或參考書，我能分配給英文最大限度的耐心就是看美劇了。

我一開始看的是《歡樂合唱團》這部青春校園歌舞劇，描寫某美國高中合唱團成員的奮鬥故事，這在當時是很有人氣的影集。我當時看得津津有味，對於同樣都是青少年，但日本與美國的校園生活差異如此之大感到驚奇。

一天看兩小時美劇的習慣

接著我就慢慢喜歡上看美劇。畢竟我當時只有國中一年級，所以只聽得懂一些簡單的英文問候語，但節奏明快的故事情節與陌生的外語讓我深感著迷，很快地我便樂在其中。

當時我極度沉迷於美劇，每天放學回家後都會看個三小時以上。社團活動結束，六點回到家就先看一小時，吃完晚

餐（有時還很沒禮貌地邊吃邊看）再看兩小時，就是我每天的習慣。我像是被什麼附身般瘋狂沉迷於英美影集當中，不論是美國喜劇、英國歷史劇、犯罪懸疑或科學奇幻等任何類型我都看。

我熱衷到讓父母有些擔心，在懇親會時，他們甚至還向學校老師求助：「我們家兒子太沉迷看美劇了，該怎麼辦？」此時，我得到一個從此改變我人生的建議。

改變人生的 My Phrase Book

當時的班導師杉本薰老師告訴我：「既然你每天都接觸這麼大量的生活英文，那就活用在學習上吧。」建議我可以寫一本自己的短句筆記。

也就是「**把看到聽到的英文短句，寫到筆記本上**」。

寫筆記是學英文經常會用到的輔助方法。許多學生會在筆記本上抄寫自己喜歡的西洋歌曲歌詞或是教科書上的重點，而我就是寫下美劇中自己喜歡的句子。

隨後我便熱衷於製作自己的「My Phrase Book」。我不是寫下教科書的重點句子或難懂片語，而是把筆記本當成「**美劇台詞備忘錄**」來使用。跟之前一樣，我繼續看美劇，

只是多了把想記下來的台詞寫下來這個步驟。

　　起初，我僥倖抱著「只要寫下台詞，我看起來就像個愛讀英文的人，而且還能毫無罪惡感放心追美劇！」這種心態，不過寫著寫著，我漸漸覺得，將影集裡喜歡的角色台詞寫下來是很有趣的事。到了國中三年級，我已經寫下超過1500個句子。

　　到這個時候，我也看了快三年的美劇，對於劇中內容已經能了解六、七成。或許有些讀者會覺得「才國三就這麼厲害！？」這是因為我開始發現，**寫在 My Phrase Book 上的句子下次再出現於影集當中時，我很快就能聽懂**。我才知道，自己的聽力有了飛躍性的進步。

國三在美國用黑色笑話回擊

　　在國三的畢業旅行，我終於有了實際活用這些句子的機會。我們這一屆畢業生是前往美國猶他州，住在猶他州首府鹽湖城近郊的寄宿家庭，體驗一個星期的美國生活。

　　我分配到的寄宿家庭有一對夫妻與三個小孩，再加上兩個養子，是個大家庭，一家人都很好客善良。特別是當時高中二年級的哥哥會主動找我搭話聊天，我到現在都還記得第一天的對話。

他用英文説：「我們家有兩隻貓對吧？原本只有一隻，不過剛好在你來的前一天又帶了一隻回來。」我拚命回想影集中聽到的表達方式，戰戰兢兢地回答：

Don't know that. Are they getting along with each other?
原來有這種事啊。那牠們相處得還好嗎？

結果他真的聽懂了，我真是**打從心底感謝影集中的角色教會我可以派上用場的句子**。在為期一週的美國寄宿生活中，我幾乎沒有遇到聽不懂、或説不出英文的窘境。

而這位哥哥正好在高中選修日文，他或許是想現學現賣他所學到的日文吧，有時會用詭異的日文和我聊天。某次他笑嘻嘻地問我：「你有沒有在吃藥啊？」我一時聽不懂他的意思，請他再説一遍，他才放棄用日文，改用英文跟我説：

Like, do you do drug?
你有在嗑藥嗎？

It's an American joke! 他大概是想捉弄我這個認真老實的日本人，讓我感到困惑吧。可是我在來美國之前，早就習慣《六人行》（*Friends*）或《追愛總動員》（*How I Met Your Mother*）這種美國喜劇的氣氛了，所以我回答：

Oh, please!…not anymore.

噢，拜託！現在沒在吸了。

我也用黑色笑話回擊他，沒想到這位哥哥竟然信以為真……當時要解開誤會，可真是費了一番功夫。

待在寄宿家庭的那幾天，我也和他們一起做餐前禱告，星期天也請他們帶我去教會參觀，在文化上親身感受他們的日常生活。

第一次前往英文系國家的國三學生，之所以能沒什麼摩擦地體驗「異國文化」，我想，這都是**歸功於我看美劇的習慣**。看了《六人行》、《歡樂滿屋》、《踏實新人生》（*One Day at a Time*）等美劇，讓我對於一般美國家庭的氛圍有所了解，可說是做了去寄宿家庭前的「行前準備」。**這次經驗讓我更接近了美國這個「畫面那頭的遙遠世界」。**

靠法庭劇的台詞拿下演講比賽冠軍

就讀兩國高中的高中二年級時，我在恩師布村奈緒子老師的推薦之下，參加了以全東京都立高中生為對象的英文演講大賽。我挑選了自己擅長的日本宗教作為演講主題，並精心擬了演講稿，以準備萬全的氣勢上場……然而，由於我的演講超過時間，結果只獲得第四名。

數個月後，前五名得獎者還需再次參加「東京都立高中生英文演講選拔大賽」這個演講比賽，這次我順利在時間內完成演講，獲得第一名。參加兩次還不夠，高三的春天，我參加了國際教育研究協議會所主辦的「東京都英文辯論大賽」，獲得評審特別獎。

我先前提到的 My Phrase Book，便在這些演講比賽中派上用場，幫助我擬出演講稿。可以說，如果沒有這份筆記，我就無法完成講稿，也無法上台比賽了。**撰寫演講稿時，我手邊一定會放著當時寫了滿滿三本的 My Phrase Book**，一邊翻，一邊找出最恰當的表達方式。由於我在筆記中所抄寫的多是**短句**，因此我能夠**自由改變句子前後順序**，改寫主詞等內容，寫出一篇完整的文章。

我當時追得很勤的美劇，正好是《波士頓法律風雲》（*Boston Legal*）這部法庭劇。我從中摘取非常多適合演講

使用的名言佳句，譬如我還記得，我將以下這句：

That hurricane was a social disaster, as much as a natural one.

這場颶風不只是天災，也是人禍。

——《波士頓法律風雲》艾倫

稍做修改寫成：

This is a natural behavior, as much as a social one.

這個行動是社會下的產物，也是自然產生的產物。

我還從這部作品中借用以下等句子撰寫講稿：

They are package deal.

有好有壞。

The rewards are bigger, but so are the risks.

利潤會更高,不過風險也是。

　　演講比賽的評審給我的評語多數是「自然又鏗鏘有力」,在某方面來說是理所當然的,因為我將劇中精明能幹的律師所說的台詞應用在演講上。當然,由於我也會留有當時在劇中說該句台詞的畫面印象,所以**語氣、抑揚頓挫、語句間的停頓等都會與劇中角色頗為相像,也就是說,我的英文能說得更道地自然**。

　　此外,我高中時期最大的樂趣,就是與學校外籍老師聊天。我常跟這七位國籍出身不同的老師天南地北聊語言、歷史、宗教、美術等話題。

　　我發現,當我遇到這些外師、打算跟他們打招呼或聊天時,要一邊思考一邊說出英文是頗為困難的事。如果對方跟我打招呼說 "Hi, Burai.",而我若想著:

　　「呃,總之先回答 Hi,然後我想問他『你要去哪裡』,所以我應該說 Where are you……」

　　對方早就走過去了,所以,**我必須在當下瞬間用英文做出反應**。此時,美劇就派上用場了。**只要看過類似的劇情畫面,了解這時候可以使用的句子,英文就能像神經反射般自**

然而然脫口而出。以前述的情況來說，我就回應了：

Hi, where are you headed?

嗨，你要去哪裡？

　　不是將母語一字字翻成英文，而是透過美劇，我可以更輕鬆且立即回應對方。此時，我更加確信「**美劇有助於提升英文會話能力**」。

大學入學考也靠美劇高分通過

　　即使升上高中三年級成了考生，我還是保持每天看兩小時美劇的習慣。不過，我當時曾經一度感到焦慮，不知道這樣下去考試會不會出問題。

　　班上同學早已開始報名補習班，或拿著單字卡整天背誦，但我只是在家看美劇做筆記而已。我開始煩惱，自己是否該像別人一樣看參考書、做考古題，而我也確實嘗試過這些方法。

不過，這些升學參考書實在太過枯燥乏味，我完全看不下去，最後只能把它們丟在一旁。結果，在英文這一科的準備上，我能做到的還是只有看美劇，接著把句子寫在筆記本上而已。

高三的秋天，我第一次報考多益（TOEIC），我準備大約一週時間，翻了相關書籍，不過由於長久以來，我在英文的準備上都只是看美劇寫下台詞，所以其實書都沒怎麼讀。但是分數出爐後，我竟然拿到了 870 分。雖說不是高得嚇人的分數，但對於沒出國留學過、第一次考多益的高三學生來說，這個成績算是不錯了。

我開始有了一些自信，在年初的大學入學全國考試中，我的英文考取了滿分 200 分。於是，我進入了東京藝術大學就讀，開始研讀我一直很喜歡的藝術。

如各位看到這裡，我只憑「美劇」×「My Phrase Book」這個方法學了七年英文，而我從來沒有「讀英文」的感覺。對我來說，美劇是能開心觀賞的娛樂，還讓我充實了我的 My Phrase Book。2019 年一月正在執筆撰寫本書的現在，雖然我還只是大學一年級生，但至今我已寫了四本筆記本，裡頭將近 4000 句的美劇句子，是我最珍貴的財產。

所謂英文學習就是這樣。至今為止，我沒有留學的經驗，也不曾長期居住海外，我從自己一路學習英文的過程中

領悟到，**即使沒有留學、沒有上英文會話課、不用買一堆題庫，只要能活用美劇，任誰都可以流利扎實地開口說英文。**

下一章開始，我將會仔細說明，像七年前的我這樣的英文初學者，該如何應用具體而簡單的美劇學習法，學會道地英文。

02
只要有手機
就能隨時隨地追劇

怎麼樣才能看美劇？

在這一章我將會介紹具體的美劇學習法。首先,當然是準備好可以收看國外影集的環境。大致上,美劇可以透過以下三種管道觀看:

① **影音串流平台**(如 Netflix、Amazon Prime 等平台)

② **租借、購買 DVD 或藍光光碟**

③ **播放西洋電影或影集的第四台頻道**

租借或購買光碟,雖然能享受自己挑片的樂趣,但需事先準備好光碟播放器,而加上租片金就要先花上一筆錢。即使租到想看的作品,也不能馬上看。當你有想看美劇學英文的熱忱時,最好要能立即觀看較好。

透過第四台,雖然可以用划算的價格看到英美影集,但時間與片單會受到既有的節目表限制,難以配合自身時間看到特定的影集。

而本書最推薦的方法就是第一種：串流影音平台。只要有可以連到網路的環境，加上每個月 99 到 199 元不等的費用，你就可以用手上的手機、平板、或電腦隨時追劇。既然**你能自由在任何時候、任何地方觀賞想看的美劇，也就意味著，你更能靈活運用美劇學習英文。**另外，串流平台還有一個方便的功能：你**能隨時開關中英文字幕。**這個優點對於學習英文有莫大助益。

串流影音平台，我最推薦這個！

　　接下來，我們來看看目前台灣常見的串流平台[註]。想開始看美劇的讀者可以參考以下介紹，挑選最適合自己的觀看平台。

Netflix 網飛

　　Netflix 是影音串流平台的龍頭，台灣自 2016 年開始引進，擁有龐大影音資源，是美劇數量最多最完整的平台，書中所介紹的 25 部美劇有半數能在此平台上觀看。除了會播放以往的美劇作品，如《追愛總動員》，本身也參與原創影集與電影的製作。這些原創作品榮獲許多如奧斯卡獎、金球

獎等各大獎項，本書介紹的《紙牌屋》（*House of Cards*）、
《良善之地》（*The Good Place*）正是其中幾例。

Amazon Prime Video

Prime Video 雖然沒有推出中文版介面，但有支援台灣市場，推出許多風格大膽的原創影集，影片種類也是以歐美電影影集為主。換算成月費的話極為便宜，不到新台幣 200元。不過免費試用期較短，只有七天，有支援中文字幕的影片並不多。

myVideo ^{（註）}

myVideo 是台灣大哥大所經營的台灣本土影音串流服務平台，於 2019 年初開設「BBC 英劇專區」，可觀看《新世紀福爾摩斯》（*Sherlock*）、《超時空奇俠》（*Doctor Who*）等英國影集，是目前串流市場中特別提供英國影集的平台。

台灣其他的本土影音平台，如 Catchplay+ 也有引進美劇，各位讀者可依自己需求選擇最合適的平台。

主要影音串流平台比較

平台名	費用	特色
Netflix	每月新台幣 270 ～ 390 元，最多可同時支援 4 個平台。有 4K 畫質可以選擇。	原創影集水準很高，上架影集數量最多。
Amazon Prime Video	每月 8.99 美元，折合新台幣不到 200 元。	便宜划算。不同季數可能會追加費用。
myVideo	月租每月新台幣 250 元，也可以單片租，39-79 元一片。	有「英國劇集」專區。每月會有免費影集區。

註：日文原書是介紹 Hulu 平台，但由於台灣尚未引進此平台，因此此處改成在台灣可觀看英劇與本書提及數部影集的 myVideo 平台。本處資訊最後更新日期為 2020 年 1 月，平台服務與提供影集可能會有所變更，請以最新資訊為主。

03
美劇百百種
哪類才能提升會話力？

初學者適合喜劇
但是選喜歡的看就對了！

　　接下來，我們就可以來挑選值得紀念的第一部英美影集。在影音串流平台上，不只可以看美劇，還可以看電影、動畫等加起來共數十部、數百部的影音作品。因此，我們可以先按下「外國影集」這個關鍵字來縮小範圍。

　　如果你想再縮小範圍，就可以從「劇情類型」來細分。之前提到，法庭劇所講的英文通常會比喜劇難上許多，因此，請考量自己的英文能力，以及想學的英文來挑選作品。

　　如果你是「就算你這麼說我也不知道選什麼」、「我英文很差，不想看困難單字與片語」的**英文初學者，情境喜劇就是你最理想的入門影集**。喜劇中常出現家人朋友之間的休閒對話，很輕易就能應用在日常生活會話中。困難的單字不多，而且一集通常只有 20 分鐘，相當簡短，要保持注意力看到最後應該不是問題。

英文能力在**中級以上的人，我則推薦政治劇與法庭劇**。這類影集的用字水準極高，語速也很快，很有挑戰價值。對於社會人士來說也不失實用性，其中也會出現很多可以用在職場上的句子。

不過，選擇影集時，最重要的還是要你自己「感覺很有趣，想繼續看下去」。簡單來說，就是**要選擇能讓你沉迷於其中的影集**。你自己要覺得劇情很精采，角色很有魅力，才能代入劇情當中，進而提升英文吸收力。串流平台網站上都有影集大綱與說明可參考，也有預告可以看，可以善加利用，選擇自己覺得最有興趣的作品。

反過來說，要是你看了一下覺得不怎麼有趣，就沒有必要硬撐看完。事實上，我也有過看了一兩集之後不喜歡，就停止追下去的經驗。

活用串流平台下方的「推薦影集名單」
多方嘗試各類美劇

我在下一頁整理出美劇的主要分類與對應的英文難易度，各位在選擇影集時可以參考。我在表中也有列舉出一些作品，不過，其實還有更多沒有寫進來的優秀作品，各位可以根據自己喜好去開發。我會在第四部分進一步介紹這裡提

到的作品，各位可以一起參考。

　　這裡所舉出的影集作品是以我看過的共約 50 部作品為準，難免會有個人偏好，還請多包涵。像這裡的片單就不包含恐怖片、動作片，或含有過度暴力的作品。

　　這個表中我也沒有列出「戀愛」或「真人實境秀」（reality show）類別。多數美劇通常會將戀愛結合其他類型一起呈現，如法庭戀愛或奇幻戀愛劇，很少會有純戀愛作品。情境喜劇尤其如此，所以難以明確區分這是「喜劇」或是「戀愛」作品，因此就沒有列出戀愛類型，而直接歸類到另一個主要類型。

　　此外，目前相當流行的實境秀節目各有特色，主題也包羅萬象，如美國科學教育家 Bill Nye 的科普節目，或是英國廚師 Jamie Oliver 的烹飪節目等，這類實境秀的類型範圍過大，加上對話內容多為即興發揮，語速跟用字也會較難，因此本書也無介紹。不過，如果你對實境秀有興趣，我推薦美劇《魯保羅變裝皇后秀》（*Ru Paul's Drag Race*），情節類似知名實境秀節目《超級名模生死鬥》，裡頭有許多精緻的選美情節，選秀者之間的唇槍舌戰也相當精采。

美劇類型與難易度

類型	難易度	推薦作品	備註
喜劇	★	《六人行》 《歡樂滿屋》 《追愛總動員》	包含大量生活會話，許多句子可以直接應用在生活中。
懸疑 犯罪	★ ★	《尋骨線索》 《靈書妙探》 《超感警探》	場景從案件現場到角色的日常生活皆有，跟其他類型相比，句子變化較為豐富。
科幻 奇幻	★ ★ ★	《超時空奇俠》 《未來迷城》 《良善之地》	優秀特效具娛樂效果。此類型的影集有許多狂熱粉絲，能作為跟英美粉絲聊天的話題。
政治 法庭	★ ★ ★ ★	《紙牌屋》 《無照律師》 《波士頓法律風雲》	用字較為進階困難，許多句子寓意頗深，還有許多可用在商務場合的句型。

04

有紙筆就能做到！
強化英文力的追劇方法

先準備好紙筆
接著「打開中文字幕」

在開始追劇之前，還有一件事情要做：先準備好紙筆放在手邊。因為之後還要把文字謄寫到專屬的美劇筆記中，隨便一張便條紙等可以用來記錄的紙張就可以了。我自己會將廢紙裁成明信片大小，用夾子夾在一起使用。這是用來製作 My Phrase Book 所不可或缺的材料。

好了之後，就把紙筆拿在手上，開始追劇吧。這時的重點是**打開中文字幕**。

有人看到這裡，應該會想「我想學英文，不開中文字幕比較好吧」。不過，與其讓你因為聽不懂英文而失去興趣，不如看字幕了解劇情，一點一滴潛移默化把英文記住，才是比較好的作法。特別是從零開始學習英文的人更是如此。

對連一成劇情都看不懂的人來說，如果沒有字幕，就完

全看不懂劇情進展，難得的精采故事也就索然無味了。**要想持續學習下去，過程中能感受到樂趣才是最重要的。**

　　當然也會有些人覺得「我英文還不錯，不開中文字幕也沒關係」，但其實**開字幕的方式對有一定程度的英文學習者也很有幫助。**你可以看著字幕思考「如果是我的話，這句英文我會怎麼說」，訓練讓腦中的母語跟英文產生連結。

　　此外，字幕通常會比聲音提早一點點顯示在螢幕上，因此，美劇看久了之後，你可以在跳出中文字幕的瞬間，預測接下來會說出的英文台詞。以這些短句為例：

「交給我吧。」	→ Consider it done.
「能跟你談一下嗎？」	→ A word?
「我馬上去做。」	→ On it.

　　透過這個方法，你可以訓練將想說的話立刻用英文說出來的能力。這種做法會比在腦中將母語一一翻成英文的速度還要快，因為你是直接將整個中文句子與對應的英文句子做連結。

Good morning.
也是一句很棒的英文

在觀看美劇時，你應該會發現一些很好用的句子，或感動自己的名言等這類「**你很在意的句子**」。這個時候，就把這些台詞寫在紙上吧。

你沒有必要把台詞從頭到尾都抄寫下來，只需寫下自己喜歡的句子就好，甚至不用寫下完整句也沒有關係。譬如，要是你覺得寫下這整句話很麻煩：

Sometimes, you just have to dance to the music that's playing.
有時候，你其實只需要隨著音樂起舞就好。

—— 《尋骨線索》貝倫

那麼，你只要抄寫一部分就可以了：

dance to the music that's playing
跟著音樂起舞

「會讓你在意的句子」並不見得是很困難的句子，選擇的唯一標準就是「我想用用看」。任何一句台詞都有值得參考學習的地方。Good morning. 也是很棒的一句英文，聽到角色說出 Good morning, Rachel. 向對方搭話，光是這樣，就能體會到英美人士是真的會用這句話打招呼。

祕訣是「暫停」與「英文字幕」

　　話雖如此，即使再怎麼專心聽台詞，應該也沒幾個人在一開始就能聽懂完整的英文台詞。美劇是充滿大量台詞的英文會話現場，在剛學英文時觀看美劇，各位應該都會有「看了一整集下來，什麼都聽不懂……」的失落感。至少我當初就是如此。

　　對「什麼都聽不懂」或是「對自己的英文聽寫能力沒有自信」的人來說，**「暫停鍵」跟「開英文字幕」就是最後的大絕招。**

　　看影片時，靠中文字幕找出「你會在意的句子」。當你不曉得劇中角色到底說了什麼英文的時候，就要立刻按下暫停鍵，將中文字幕切換為「英文字幕」。台詞就會顯示成英文，此時就將它抄寫下來吧。做好筆記後再切換回中文字幕，繼續往下看。每當出現喜歡的句子時，就反覆進行這樣的步驟：

① **暫停**

② **切換為英文字幕，做筆記**

③ **切回中文字幕，播放**

每跟著上面步驟做一次，你就能學到一句「想用用看的英文句子」，這三個步驟就是你英文會話力進步的捷徑。

聽不懂全部台詞也沒關係

曾經因為聽不懂美劇而放棄的人，我希望你們可以了解一件事，那就是，**你不需抱著要把所有台詞都聽懂的心態來看美劇。**這些影集原本就是做給英美國家的母語人士收看，換成非母語人士的我們來看，就是處在過快的語速與過多的資訊量之中。

你若一心想著要聽懂所有台詞，注意力就會從劇情集中到英文上，記不得故事情節，不用多久，你就會覺得這樣的「學習」很無趣。

「因為開心所以能持續下去」是美劇學習法最大的優點，所以不要勉強自己聽懂全部台詞。

只要踏實重覆前面三個步驟，寫下自己感有興趣的句子

就好。即使一集記個一句都好，從簡單的打招呼句子開始記錄也無妨。看了一整季下來，總會記住幾句日後自己能聽懂的「擅長句子」。

另外，劇中有些角色登場時，一定會先說出一兩句帥氣的「關鍵台詞」。通常**他們會緩緩說出這些關鍵台詞，甚至一個一個字清楚地發音，無論你再怎麼不喜歡，都會聽到記起來。**在你還不熟練聽寫的階段，我建議可以先記下這類台詞。如《追愛總動員》裡頭，一位頗具魅力的角色在說話時常會以這句台詞開頭：

Barney: Legen…wait for it…dary!

巴尼：注意囉……這是傳奇中的……傳奇！

這句話的開頭 legen 與結尾 dary 合在一起便成了 legendary 一字，指「傳奇性的」。這也是英文中常見的一種文字遊戲。

實際上，你在追劇過程中，會因為想找出值得記下的句子而專注聆聽英文，所以**多看幾集之後，你會漸漸習慣美劇的大量對話與節奏**。接著，你可以把記下來的句子反覆朗讀幾次。當下次再出現相同的句子，你馬上就能聽懂。不用著急，慢慢在自己的美劇筆記本上增加句子吧。

找到「喜愛的角色」升級英文吸收力

劇中主要人物大多會在一開始的二、三集內陸續登場完畢，我建議各位可以這個階段找出自己「喜歡的角色」。

美劇角色通常性格鮮明、背景各異，觀眾能輕易找到能認同其想法，或者覺得很像身邊某位朋友的角色。

這個學習法，說穿了就是「模仿劇中人物台詞」。因此，一旦決定想加強學習哪位角色的台詞，就等於決定選擇記下句子的方向，而決定句子方向則是決定了「自己覺得最理想的英文表達」。因此，建議各位可以找：

- **跟自己相像，有共鳴的角色**

- **自己所憧憬的角色，想學該角色講英文的方式**

例如，在大受歡迎的情境喜劇《六人行》裡，六位主角各有特色：

- **瑞秋**（Rachel）：大家閨秀，興趣很多，有點任性但無法討厭她。

- **莫妮卡**（Monica）：性格認真向上，有潔癖。以成為廚師為目標。

- **菲比**（Phoebe）：原本是流落街頭的孤兒。古靈精怪、有著自己獨特想法的女孩。

- **羅斯**（Ross）：古生物學博士。虛榮，腦袋很好，常說出艱澀的知識。

- **錢德勒**（Chandler）：自以為自己是開心果，常開玩笑。

- **喬伊**（Joey）：帥氣但就是紅不了的演員。常被取笑「精神年齡只有八歲」，個性單純開朗。

　　每個主角形象都很立體鮮明，你若想學習老學究的英文表達，那就關注羅斯。你若對英文笑話有興趣，那就仔細聽錢德勒的台詞吧。

放下手邊其他工作
專心追劇吧

　　雖然在家學英文是這個方法的優點之一，但有一點要注意，請**避免一邊追劇一邊做家事或工作**。美劇學習法最重要的環節就是「仔細聆聽英文台詞並寫筆記」。你若是邊追劇邊做其他事，就很容易分心而忽略聽英文，而且你也就沒空

做筆記。因此，請各位在一天中空下一小段時間，在那段時間內，就專心坐在螢幕前看美劇做筆記。

只要活用 30 分左右的零碎時間就可以了，像是通勤時間就能拿來追美劇，雖說做筆記時會稍嫌綁手綁腳，但你若是要坐 30 分鐘以上的電車，那就意味著，你有能看完一部影集的時間可以利用。

30 分鐘是運用這套方法的最短時間單位。我想，應該還是有不少人無法天天空下這樣的時間，所以我建議，每週至少要看一次一集 20 分鐘的短劇。暫停影片、寫筆記等時間大概也要花費十分鐘左右，因此「**每週一次以上，一次 30 分鐘**」就是最理想的學習時間。只要能持續下去，你所學會的句子不知不覺間就會累積越來越多，最後你就能開口說英文。

時間較為充裕的人，我則是推薦一次可以看一集 40 分鐘的嚴肅作品加一集 20 分鐘的輕鬆喜劇，共 60 分鐘的觀劇時間。光是看嚴肅的劇情心情會變得沉重，所以可以配合輕鬆的喜劇，快樂結束一次的學習。加上要空出暫停與筆記時間，所以一共是 1.5 小時。當然，你若想多看一些，繼續看下去也完全沒有問題。我放假時往往能看三個小時以上。

將記下來的句子
「謄寫」到 My Phrase Book

　　每看完一集，就稍微瀏覽一次寫在紙上的句子吧。這是為了趁影像記憶還鮮明的時候，將當時情境與英文句子做更深刻的連結。若能在檢視句子時，同時模仿角色的口氣讀過一次台詞，記憶會更深刻。

　　剛開始嘗試這個方法的人，就先以「一集一句」為目標做筆記吧。各位可能會覺得這樣的份量很少，不過，能在數十分鐘內聽見一句「真正會用的英文表達」，就已經是很大的收穫了！

　　若有空閒，可不時回頭翻翻這些紙張，然後將上面的句子謄寫到喜歡的筆記本上。再加上自己的翻譯或註解，就完成了自己專屬的 My Phrase Book「我的美劇筆記」，這正是下一章會介紹的內容。將台詞整理在筆記本之後，就可隨身攜帶並隨時翻開複習。

　　我自己是在看完影集的當天，就會把聽寫下來的句子謄寫到美劇筆記中。有時想記的台詞較多，我一寫滿一張廢紙，大概是 20 句台詞的時候，就會先謄寫到筆記中。

05
打造自己專屬的
My Phrase Book

將美劇學習法發揮到最大功效！
活用 My Phrase Book

　　當你看了幾集美劇，在紙上寫下好幾句英文句子之後，就可以著手製作 My Phrase Book「我的美劇筆記」了。

　　到目前為止，我總共看了 50 多部、共 3000 集以上的英美影集。**當時我如果沒有把台詞寫到「我的美劇筆記」上，我能說的英文，恐怕連現在的百分之一都不到。**這本你為自己量身打造的「我的美劇筆記」，一輩子都會受用無窮，為了日後翻閱時能立即看懂並朗讀，還請各位要稍微花心思整理。連怕麻煩的我都能寫下超過 4000 句台詞，所以各位也能做到。接下來，我會向各位介紹最簡單的筆記寫法。

　　首先，請準備一本小筆記本，只要畫有橫線的筆記本就可以。我推薦方便攜帶、閱讀容易的 B6 尺寸（約 17.6×12.5 公分）。做法如下：

① 把英文台詞謄寫到筆記本。將句子縮短到一行內能寫完的長度。

② 在下一行開頭畫箭頭 →，接著靠自己將台詞翻譯成中文。這裡會是最傷腦筋但也最重要的地方，請認真思考。

③ 最後寫上台詞出處，包含影集名稱與說出這句台詞的角色。

句子要短，在一行以內寫完

步驟一提到「將句子縮短到一行內能寫完的長度」，因為這個學習法的最終目標，是希望各位能記住句子並且應用到會話中，所以**選擇好記好說的句子**很重要。原則上，請縮減到能寫進 B6 筆記本一行以內的長度吧。

不過，像是喜愛角色所說的關鍵台詞、或是精采場面等不得不寫長句時，就是例外。我也有用四、五行寫了以下這些台詞：

When something bad happens, there's no point in wishing it had not happened. The only option is to minimize the damage.

當壞事發生，當做它沒發生是沒有用的。唯一要作的是降低傷害。

——《唐頓莊園》薇樂

當發生糟糕的事，應該面對現實，找出對策。這句話出自劇中強勢的英國貴婦。順帶一提，在類似的情境中，《歡樂滿屋》只用兩個字來形容：

Damage control!

降低傷害！

——《歡樂滿屋》DJ

相較起來，後面這個的短句是不是好記多了呢。

謄寫時並不需要寫下完整的台詞。若其中有一部分是你覺得可用的，那就只摘錄那個部分，其他省略即可，譬如我也會做這樣的筆記：

It's just me or...

是我的錯覺嗎……？ (常見)

At the first light tomorrow,...

明天一大早，…… ——《超感警探》海托華

　　上面這些「**短句碎片**」看起來不起眼，但出乎意料相當珍貴，它們有助於自然開啟對話，順利連接兩個句子。我們在說母語時也會下意識用「話說回來」等連接詞來連接句子。若能學會這些表達方式，就能說出更流利完整的英文。順帶一提，「話說回來」在英文裡有各種說法，最常見的是 speaking of 。

My Phrase Book 製作方法

1

將英文台詞
寫到筆記本上

You have to prioritize.

2

思考翻譯,
寫在台詞下方

你該決定優先次序。

3

同時寫上作品
與角色出處

You have to prioritize.
→ 你該決定優先次序。
　　　　——《尋骨線索》卡蜜兒

自己將台詞翻成中文
就能加快吸收句子

接下來的步驟二「**自己翻譯成中文句子**」，**是做美劇筆記的關鍵**。製作 My Phrase Book 時，最花時間的其實是這個步驟。不過，有些人會認為「既然都有字幕了，直接拿來用不就好了嗎？」

之所以建議自己翻譯，雖然比直接抄中文字幕花時間又需要動腦，但這是有原因的。**影集字幕有嚴格的字數限制，翻成中文時為了配合字數，要不是有相當程度的意譯，不然就是省略一部分的台詞。**譬如：

Being a leader isn't about being the best. It's about looking after your team and bringing them closer together.

身為隊長不是要表現最好。隊長要照顧隊伍裡的所有人，並讓大家更團結。　　　　　　　　　　——《淘氣小女巫》嘎呱

將這句台詞直譯就是「身為隊長不是要當表現最好的。隊長要照顧隊伍裡的所有人，並讓隊員齊聚一心。」但是，這麼長的台詞實在塞不進一個畫面中，所以往往會採用「成

為支撐隊伍的隊長吧。」這樣簡潔的翻譯。

考慮往後要把台詞活用在實際會話當中，我強烈建議各位用自己的話翻譯。而且，**多一個翻譯的步驟，就會加深對這個句子的印象**，以結果來看，也能更快更確實記在腦中。

出處、角色的名字也是重要資訊

步驟三的「加上出處」也是重點。若知道是出自哪部作品、哪位角色所説的台詞，複習時就能立刻想像出應有的朗讀方式。

如《歡樂合唱團》的菲恩，他講話就是美國青少年輕浮的用語，《唐頓莊園》的卡森則是使用英國管家一貫格調高雅、嚴謹的英文。當你**模仿該角色進行朗讀**時，就能回憶起該角色與劇中場景。想起用什麼口氣對什麼人説話，就相當是在模擬實際對話的情況。

有時候，僅登場一集，連名字也沒有的路人角色，也會説出令人驚豔的名言佳句。此時，就在出處寫上 nobody 吧，意思是「無名小卒」。你若還有印象，還可以寫下那位 nobody 的職稱（如「警官」等），之後也能當成朗讀時的參考。

特別規則：寫下情境說明

這是我一開始覺得「應該很有效！」結果後來因為嫌麻煩而放棄的特別規則。在寫下英文台詞前，**可以先用一行描述這句台詞出現時的場景**，寫出類似以下的例子：

迎接晚歸的家人

Good night out?

→ 晚上玩得開心嗎？ ──《百貨人生》哈利

當你寫下數百句英文句子之後，難免會出現「寫是寫了，但該在什麼時候用？」的句子。為了避免這種狀況發生而誤用，建議可以**一起寫下該台詞出現的場景，就能更清楚回憶起句子的正確用法**。

我自己是因為嫌麻煩才放棄這個做法，所以偶而會發生不知該何時使用該句子的窘境。因此，建議各位也可記下這一點。

以上所提出的要點，都是出自於我自身的經驗。當然，各位想自創其他筆記規則也很歡迎，還請各位盡情做出專屬於自己的獨特美劇筆記吧。

06
大聲念出來！
更容易記住句子

每天都要複習！

好不容易寫了「我的美劇筆記」，若是寫好之後就丟在一旁，未免也太可惜！謄寫還不算是「學習」，只是一項「作業」。**真正的學習是在寫下中文翻譯後「念出句子」。**

你可以在瑣碎時間隨手翻開美劇筆記，小聲讀也無妨，總之，請投入感情念讀句子。你的時間如果比較充裕，我建議可以從頭將句子全部朗讀一遍。或是你也可以配合作息，訂立「**至少一天讀十句**」、「**五分鐘內盡量讀**」等規則。

不少人對朗讀句子有「麻煩」、「無趣」等印象，尤其是念長句時，往往會讀到忘記思考句中含意而只是看著字面讀，結果什麼都記不起來。不過，本書要你念讀的美劇句子是：

- 你自己挑選的

- 從你自己喜歡的影集聽寫下來的

• 只有短短一行

所以不用擔心這件事。畢竟是出於自己喜歡而記下的句子，而且也看過影像畫面，所以念讀時，腦海中就能自動浮現畫面，自然記起完整意思。

想開口說英文，最好記下句子，而想高效記憶句子，就要反覆朗讀，把句子深深烙印在腦中。如此一來，也能讓嘴巴習慣講英文，許多英文老師都會說「朗讀就是一切」，就是這個道理。

寫下劇中角色名字和出現場景，還能強化朗讀效果。在腦海中想像你喜愛的角色，用心朗讀台詞吧。這跟閱讀參考書的句子是完全不一樣的事情。因為你聽過演員說出這句台詞的方式，所以你更能沉浸在影集世界裡，重現演員的口氣。即使忘記細節的音調，但只要想起「好像很生氣」、「朋友間彼此大笑」就夠了，**試著用當時的「情緒」來朗讀就可以了。**

多了將寫下的句子朗讀出來這個步驟，遇到實際會話時，也能更容易說出口。

我自己習慣在洗澡的時候，盡量將當天寫下來的句子背誦出來，雖然會對家人造成困擾，但長久下來，我的句子記憶力的確提升許多。你可以善用各種零碎時間念讀句子，

你可以像我一樣，在洗澡時用英文模仿喜歡的角色說話。又或是在晚餐時間看完美劇，就可以在洗碗時回想台詞並念出來。或是泡咖啡時，在水煮開之前念出一個句子也可以。

當你遇見自己真正喜歡的影集，這些事情做起來一點都不辛苦，甚至不覺得是學習，只是很開心的一件事。

不只是英文，任何外語學習都需要輸入（input）與輸出（output）。[註] 你可以透過美劇這個絕佳的工具，來達到輸入的階段，接著就是將學起來的句子好好輸出應用出來，讓英文成為自己的一部分吧。

註：此論點是出自於外語習得理論（input and output in second language acquisition），此論點認為，語言學習者要成功學會一門語言，少不了語言的輸入與輸出，輸入即接收該語言的文字與聲音，而輸出就是指學習者接收完該語言之後，自己消化後將該語言應用出來的過程。因此，在輸入這個階段，決定所要接收的語言品質就非常重要。

Memo

東京藝大生的英文兩三事

東京藝術大學常被說成「人類社會最後的祕境」或什麼「上野動物園的人類觀賞區」（我原先還不知道東京藝大就在上野動物園旁），大眾對這裡的印象不外乎是「搞不太懂但好像很有趣」、「就是一堆藝術家怪人聚集在一起吧」。

基本上是這樣沒錯。

不過，進入藝大就讀的學生也不全都是為了成為藝術家。我所就讀的美術學院藝術學系，主要是學習美術史或策展（學策展工作的相關課程）。在實作課中，我雖然也會學習繪畫、雕刻、攝影等基本創作技巧，不過主要課程還是以學習評鑑作品為主，而非創作作品。

跟其他系所最大的不同，就是我們必須取得許多語言學分。我現在每週需修習英文三學分、法語兩學分和義大利語兩學分。其中英文課我上得相當開心，授課老師是來自英國的藝術家。

整體來看，不光是藝術學系，所有藝大生需使用英文的機會也越來越多。近年來，不僅是策展人，連創作者自己也

被迫要用英文傳達自己的作品理念。幾乎所有藝術展的聲明稿或作品解説，也都會附上英文翻譯。因此，為了避免標題或作品概念被擅自解釋成自己未曾設想過的意涵，創作者必須親自用英文解釋。因此，即使是創作系所的學生，也需要開始學英文。

回到藝術學系，我們需要閱讀大量國外文獻，也需要與外國創作者進行訪談，或是分析國際藝術趨勢，因此，優異的英文能力是必備武器。也因為如此，系上才會開設許多語言課程，要求學生修習這麼多語言學分。

雖然藝術學系的語言學習比較嚴苛，但我們其實並不會感到吃力。原因在於，老師會使用許多藝術相關的故事作為教材，像是在法語課教羅浮宮，義大利語課教文藝復興，老師會在教材中放入許多與美術有關的話題。正如同我因為喜歡美劇所以積極學習英文一樣，同學們也因為喜歡西洋美術而積極學習外語。我深刻體會到，活用自己有興趣的素材來學習，是多麼重要的一件事。

帶得走的追劇技巧 # Part 2

1. 追美劇，選擇能隨時觀看的影音串流平台最適合。

2. 多個做筆記的步驟，英文就能突飛猛進！

3. 一集只要抄下一句「你想用用看」的台詞即可。

4. 先找到你喜歡的影集角色，就能提升英文吸收力。

5. 每週至少看一次美劇，一次 30 分鐘。

6. 美劇筆記技巧一：句子要短，一行以內寫完。

7. 美劇筆記技巧二：自己將句子翻成中文，加深印象。

8. 美劇筆記技巧三：順便記下台詞出處。

9. 美劇筆記技巧 PLUS：寫下情境說明。

10. 模仿角色情緒，將記下的句子念出來吧。

説得更好！
發揮美劇 120％的
進階技巧

在前一部分我大致説明了用美劇學習英文的基本方法。接下來，我會進一步説明如何最大限度透過美劇，學習聽寫英文的訣竅，以及將劇中所學實際應用在英文會話的技巧。

我會先從簡單且容易實行的技巧開始介紹，因此，英文初學者可以從頭開始閱讀，而對英文有自信的讀者可以從適合自己程度的地方開始實踐。

01

英文初學者也不會挫折的
聽寫技巧

先從「打招呼」,「回應」與「反問」開始

　　我在前一部分詳細介紹了用美劇學英文的具體方法。這個方法真的很簡單,其實就是「把美劇中想用用看的句子聽寫下來」而已,裡頭也提到善用雙語字幕或是暫停影片的技巧。

　　當你準備好筆記本,準備抄下影集裡頭的句子時,接下來就會遇到「**該選擇抄寫什麼句子**」。畢竟,你無法將所有喜歡的角色台詞通通寫下來。所以,各位大概會產生「那麼我該選哪些句子抄下來」的疑惑。如果你不曉得什麼樣的英文台詞能幫上自己,請參考以下建議。

　　剛開始應用本書方法或剛開始學英文的人,可如前述,搭配「按暫停鍵」與「開啟英文字幕」,一邊做筆記。不過,這裡有個重點:**先搜集與「打招呼」、「回應」、「反問」相關的句子。**

無論是哪一部美劇，一定都會出現這三種句子。而且在實際講英文的場合中，這三種句子也是相當基本的表達。這三種句子多半很短，相當適合初學者學習。就算聽到長句台詞，也不須全部記下來，只要記下句子的一部分，就能應用在各種場合。

　　我們直接來看看影集中常出現的例句吧。一開始追劇時，只要先記下這些句子，之後追劇時就能輕鬆聽寫出來。

一、先從「打招呼」開始

　　首先是「打招呼」。除了我多次舉例的 Good morning.「早安。」之外，還有以下這些與人相遇時可使用的各種打招呼句子。

How are you? 你好嗎？

Pleasure to meet you. 很高興認識你。

我之所以建議先記下打招呼的句子，有以下兩個理由：

① **任何影集都會打招呼**

從詼諧的喜劇到嚴肅的政治劇，不管是哪類影集，只要有人類出現，就會有打招呼的場面。你不僅可以從各種打招呼的表達方式了解角色間的人際關係，還能學到從打招呼自然接續其他話題的方法。

② **招呼語要能立即脫口而出**

碰到人想開口搭話，一定都是先從打招呼開始，不管母語還是英文都一樣。看慣多次戲中人物打招呼的場面，日後碰見別人時就能迅速地做出反應。

對於英文還不流利的人來說，無法將他人對話接續下去是很正常的事，那麼，至少在一開始就好好打聲招呼，給人的第一印象就會好上很多。雖說這樣有些心機，不過如同法庭劇《無照律師》（*Suits*）中的名言：

First impressions last.

第一印象是最重要的。

順帶一提，這裡的 last 不是指「最後的」，而是當動詞，表示「持續」的意思。

　　那麼，我們繼續來看看各種「早安」的表達。先來看看英國貴族歷史劇《唐頓莊園》中，伯爵家的千金瑪麗優雅的招呼語。

Good morning, papa.

早安，爸爸。

　　再來看看，以現代美國為背景的《六人行》中，好友間隨興的打招呼。

Morning, Ross.

早啊，羅斯。

Morning.

早。

最後是犯罪懸疑影集《靈書妙探》中，早上前往殺人現場的刑警彼此冷淡的招呼。

Hey.

嘿。

Hi.

嗨。

在工作相關的場合中，則是常常跳過招呼語，直接進入工作話題。我在次頁整理了常見的打招呼方式與使用時機，每句都是美劇裡頭頻繁出現的句子。

乍看之下，這些句子相當簡單基本，但若是在現實生活中突然遇到，需要立刻做出回應時，腦筋就很容易打結。

美劇是靠一來一往的對話構成劇情，因此相當適合用來學習自然回應他人對話。你只要**多看美劇裡頭相似的場面，進行多次「預習」，漸漸就能配合狀況，立即做出適當的回應了。**

影集中常聽到的打招呼句

中文	英文	使用時機
早安，○○先生／小姐。	Good morning, Mr./Ms. ○○ .	會加入對方名字，是最正式有禮的表達。
早啊，媽。	Morning, mom.	家人好友之間使用這句就好。
嗨！	Hi!	相當隨興的招呼語，朋友間可用。
你好嗎？	How are you?	這只是客套話，不是真的在問對方身體狀況。
如何啊？	What's up?	年輕人之間常用，較為隨性輕浮。
你還好吧？	How are you holding up?	用來關心生病或遭逢不幸的人。
很高興認識你。	It was nice to meet you.	對初次見面的人所用的客套說法。
之後見。	Catch you later.	是明天會繼續見面的親友所用的招呼語。
掰。	Bye.	給人隨興輕快的印象。

二、如果能「回應對方」
　　　就能將對話持續下去！

　　當你英文說得還不是很流利，想主動開口聊天是相當需要勇氣的事。由於單字和句子量仍不足以支撐對話持續下去，此時，學習者多半是扮演聆聽者的角色。

　　不過，即使無法丟出話題，光是聆聽別人的話也能延續對話。只要你能做出適當回應、附和別人的話，對話就能自然延續下去，而且對方還會誇你擅於聆聽呢。

　　有時要是你不能立即回應談話，對說話者來說會顯得失禮，尤其當說話對象是長輩或前輩。譬如，學校外師或公司外籍上司給我們看小孩照片時，我們要能瞬間說出：

How adorable! 真可愛！

He/She is an angel! 他／她真是天使！

　　這才是正確答案。坦白說也沒有其他的選項了。實際上，在英美影集當中，這類句子是很常見的。我在次頁整理了影集中常用的各種回應句，還請各位參考。

影集中常聽到的回應句

中文	英文	使用時機
你真的做了!?	You did!?	對某人的行動做出反應，是相當常見的表達。視做出行動的人不同，還可將 You 改成 He、She 等。
太棒了。	That's wonderful.	總結對方話題時的回應。wonderful 可替換成其他形容詞。
接下來呢？	And then what happened?	催促對方說下去，給人專心聆聽的感覺。
我之前不知道。	I had no idea.	聽到新的事實時可用。
真是哀傷。	How sad.	聽完話率直地表達自己心情。sad 可替換成其他情緒形容詞。
真的嗎？	Really?	視情境不同，驚訝的程度也會有所差異。
你騙人的吧！	You're kidding!	帶有「你開玩笑的吧」、「難以置信」的口氣。
真假？	Get out of town!	常聽到的俚語，可用在輕鬆的對話中。

三、詢問只是一時之恥：反問句

　　英文初學者還需要再記住一種句子，那就是「反問」句。

　　英美人士往往有著「你會說英文是理所當然」的想法，因此偶而會有不管對方是誰，都用自然語速說話的情況。你若聽不清楚，就別顧慮對方，直接反問回去吧。若不這麼做，話題只會越說越遠，一回神才發現，自己已經聽不懂對方在說什麼了。

　　相較於前面的「打招呼」與「做出回應」，美劇中較少出現反問的句子。不過，要是你對聽懂一般語速的英文還沒什麼自信，事先知道這些句子會很有幫助。

　　接下來介紹幾句美劇會出現的反問句型，譬如說當對方喋喋不休：

The other night I went to...

昨天晚上我去了……。

——《唐頓莊園》湯瑪斯

　　而你完全聽不懂後半內容的時候，就可以說：

Sorry, I didn't get that. You went where?

抱歉，我沒聽清楚。你說去了哪裡？

或是說：

You said you went to...?

你說你去了……？

像這樣明確回問對方「某某部分沒聽清楚」，是相當重要的說話技巧。如果你只是漠然地說：

I don't understand.

我不懂。

對方或許會認為，你是在暗示他「你講得太支離破碎，我完全聽不懂」，可能會令對方感到不快。

同樣都是表達「請再說一次。」"Pardon?" 給人稍微正式的印象，"Come again?" 則隨興許多。在現代用 "I beg you pardon?" 這個說法稍嫌誇張，可能會給人「你說什麼，再給我說一次！」般帶有怒意的感覺，因此要用非常平穩的語氣說出來。《六人行》的莫妮卡或《靈書妙探》的貝克特這種個性嚴謹認真的女性，在質問說話刻薄的男性時，就很常用到這個表達。

當然，這些「反問句」在英美母語人士之間也很常用。即使是我們用自己的母語說話時，也很常反問對方說了什麼，這並不是什麼丟臉的事，還請各位記住這些劇中的反問句並加以活用。反問句我整理在次頁，還請各位參考。

　　除了這裡列舉的句子之外，當然還有許多表達方式。在看影集的時候，請將這些說法蒐集記錄在你自己的 My Phrase Book 中，學會能夠立即反問對方的句子吧！

影集中常聽到的反問句

中文	英文	使用時機
嗯？	Sorry?	短又好用，不會打亂對話節奏。
再說一次。	Come again?	聽不懂或聽不清楚的話，要對方重複一次。
等等！	Hold on!	聽到震撼的消息，或要說話太快的人暫停一下時可以使用。
等一下，你說什麼!?	Wait what!?	難以相信對方所說的話，慌忙反問的說法。
我不太明白。	I'm a bit lost.	這裡的 lost 表示「在會話中迷路」的意思。
你說你的名字是什麼？	What did you say your name was?	your name 可以替換成其他的字。
你說○○是什麼意思？	What do you mean by saying ○○？	不太清楚對方說話的脈絡時可用。

02
透過美劇
習慣實際英文會話的省略

實際聽到的英文，往往有許多「省略」

不論是講中文還是英文，越是隨興的對話，語句就省略得越多，句子就更為單純。譬如說，當我們跟熟悉的親友聊天時，我要是回答：

「不好意思，可以請您再說一遍嗎？」

這樣有禮過頭的回應，我的家人朋友應該會覺得我很奇怪吧。

而我們平常的溝通方式，也不能像 AI 語音助理 Siri 那樣，不管對方是誰，一律地回說：「你說什麼？」或「嗯？」

這個道理套到英文會話中也是一樣。回到一開始的例子，當我們聽不清對方講的英文時，你若想顯得仔細有禮，可以說：

Sorry, I couldn't get that. What was it that you said?

抱歉，我沒聽清楚。你剛剛說了什麼？

不過，這樣的回應有時顯得太長，會打亂對話的步調，而在**講求效率的實際對話**中，我們其實會更常聽到：

Sorry? 嗯？

Sorry, I didn't... 抱歉，我沒……

接著對方可能會指著自己的耳朵，表示聽不清楚。這是很常見的手勢，相信你一看就能明白對方的意思。而這樣的對話形式也常見於美劇中。這種透過省略來達到有效溝通的對話方式，並非只有在反問對方時才聽得到。在美劇中，我們也很常聽到以下的表達方式。

I have been there. → Been there.
我去過。

真實的英文溝通方式，並不像英文會話課中所學的那樣照本宣科，而是**存在許多省略與彈性變通之處**。若想透過教科書或參考書學到這些「真實的英文溝通方式」，是有其侷限的。因此，**美劇正是最適合用來學習「真實英文溝通」的最佳教材**。

03

想再升級英文口語力？
選擇可提升會話實力的短句

盡可能選擇用途廣泛的句子

你若想在短時間內提升會話能力，就可以在短句的選擇上下功夫。雖說短句的選擇主要是根據你自己想應用在什麼場合而定（朋友間聊天或是工作簡報等等），但關鍵還是在於：選擇「**用途廣泛的句子**」。

我看美劇看到高二時，覺得自己已經能聽懂一些英文，就不再只是記那些常見的實用短句，轉而記下出現在影集當中的名言佳句。沒辦法，畢竟那些話講起來很酷嘛。

我當時正在看《指定倖存者》（*Designated Survivor*）這部描寫恐怖陰謀震撼美國的政治驚悚劇，劇中處處都是充滿虛無色彩的金句或是強勁帥氣的名言。

We must show that our flag is still flying strong!

我們要宣示我們國家的國旗依然強勁飄揚著！

—— 《指定倖存者》寇克曼總統

我當時超愛這種鏗鏘有力的帥氣句子，完全把日常短句丟在一旁。

　　可是，這種句子在日常會話中毫無用武之地。仔細想想，這也是理所當然的。這可是出自美國總統的台詞，一介高中生要怎麼用這個句子呢。

　　我當時沒發現這個問題，跟高中的外籍老師聊天時，就一直使用這些經典語錄。不知道他們是不是被我嚇著了，都只是點點頭回說「啊，嗯，是啦……」。

　　我這時候才知道，「**『很帥的英文』跟『能用的英文』是兩回事**」這種理所當然的道理。在日常會話中使用這些聽起來很帥的的台詞，會顯得過度，甚至滑稽，造成會話很難延續，很快就結束了。

　　因此，與其選擇使用場合與身分多有限制的佳句，不如選擇用途廣泛的日常表達方式，會更實用許多。譬如：

Where are you heading?

你們要去哪？ ——《六人行》羅斯

The clock is ticking!

快來不及了！ ——《荒唐分局》傑克

我建議對英文會話還不拿手的人，可以優先選擇這類的日常用句。

話雖如此，名言佳句倒也不是一無是處。這類句子在寫作中用上個一句，往往**能畫龍點睛，讓對方留下深刻印象**。這種句子在構句或用字遣詞上也有多樣的變化，**對中級甚至進階程度的英文學習者來說是不可或缺的**。為了拓展自己的用字與表達方式，你可以先將這些句子寫進 My Phrase Book 裡，日後在演講或簡報中應該能助你一臂之力。

選擇以基本單字組成的句子

此外，請盡量選擇由簡單單字所組成的句子。這也是一個重點，因為只靠基本單字就能表達的句子，在會話中的用途會更加廣泛。

所謂的基本單字就是 in、that、work 等國中課本常出現的單字，而非 imperviousness（不透性）這種又長又難的單字。**不論對方英文能力再好，基本單字仍是最常用的單字。**

That works for me.

我沒問題。

—— 《歡樂滿屋》金咪

Off the top of my head...

連想都不用想⋯⋯　　　　　　　——《宅男行不行》謝爾頓

　　上述這些由基本單字組合而成的慣用語，是來自於古英文盎格魯－撒克遜語系（Anglo-Saxon）的表達方式。相較之下，長且困難的英文單字多半是來自於拉丁語系的詞彙。

　　這種用字上的差異，會左右你講英文時給人是柔和或艱澀的印象。**在日常會話中，用字簡單的句子還是佔壓倒性的多數**。譬如當你想用柔和口語的方式表達「買」，會用 buy，較正式的說法則會用 purchase。「職業」的口語說法是 work，正式的說法則是 occupation。

	Anglo-Saxon 盎格魯－撒克遜語系	Latin 拉丁語系
買	buy	purchase
職業	work	occupation

　　因此，優先學習能用在一般對話中的單字會比較好。這時候，就可以挑選描寫日常生活的喜劇影集。

順帶一提，使用拉丁語系的單字會給人一種「博學多聞」的感覺。在美劇中，聰明的人或冷酷的角色往往愛用這些源自拉丁語的單字，而性格單純率直的角色則用盎格魯－撒克遜系統的單字或慣用語。

舉例來說，意思同樣都是「鄉下的、偏僻的」，除了 provincial 這個有點艱澀的單字，還可以用 off the beaten track 這個慣用語。你若知道後面這種用法，英美人士就會覺得你很懂英文而感到開心，因為後面這種表達比較容易投入情緒，能與對方共享相同的印象。相對地，拉丁語系的單字就沒有太多想像空間。

雖說如此，**認識各式各樣特別的單字也是觀賞美劇的樂趣之一**。像我很喜歡看犯罪懸疑類的美劇，就學會各式各樣表達「致命傷」的英文。雖然我可不希望有用到的機會就是。

即使我推薦選擇用簡單的基本單字就能表達的短句，但**希望提升字彙能力的人，若是想選擇「稀有單字」當然也是沒問題的。**

收集多種相似表達的句子

看了好幾部美劇之後，你會發現，有些短句會反覆出現在不同作品裡，或是類似情境就會使用類似的句子，譬如：

(There's) only one way to find out.

只能放手一搏了。

It's a long shot.

這可不容易。

　　這類句子用字簡單且相當常見，或許所有美劇都曾出現過也說不定，只是隨場面與角色不同略有差異罷了。看見這種台詞，記下來就對了。多次出現就表示它很好用，而且值得信賴、不容易說錯，就趕緊寫進我的美劇筆記裡吧。

　　我的大學英文老師曾說過，**英文是「避免相同表達到有點病態」的語言**。究竟是否到了病態的程度還很難說，不過對學習者而言，**廣泛了解各種英文表達方式絕對是好事**。累積幾句類似的句子後，參考出處的戲劇類型或角色性格，思考這些句子各帶給人什麼不同印象也是一種樂趣。

04 發音篇
模仿劇中人物口氣
讓發音立即變得標準

美劇角色發音清楚且漂亮

開口講英文時最常見的煩惱之一，果然還是發音了吧。當你開始能聽懂影集裡的一部分英文，就可以開始注意自己的發音。影集演員的發音都很漂亮標準，很適合用來模仿。提升發音能力的關鍵就在於，**你能努力模仿到什麼程度**。

影集演員念台詞時，往往會有清晰的抑揚頓挫，發音也很乾淨。為了確保觀劇品質，演員都有受過專業的發音訓練，能說出一口清晰漂亮的英文。當然，電影也是由專業演員演出，只是相比之下，電影有時為了塑造角色特色，會出現獨特的說話方式。譬如《教父》當中，勞勃狄尼洛含糊的說話方式，雖然在電影裡聽起來很迷人，但說實話，很難聽得清楚。

我自己練習英文演講時，會模仿美劇各種角色的說話方式來加強自信。高中放學之後，我都會站在空無一人的教室講台上，化身成多個角色，大聲背誦演講稿。或許是因為這

樣，演講評審都給我不錯的評價，讓我深刻體會到「**像演員那樣說出英文，就能說得更清楚**」。

上大學之後，來自英國的英文老師也常說 "Talk a little bit like an actor!"（要像個演員般說話！），更讓我了解，自己過去的練習方法是正確的。

演員所講的英文比一般英美母語人士更容易讓人聽懂，嘴型清晰，也較容易模仿。因此透過美劇學習英文會話，之後實際說英文時，對方也比較能聽懂你所說的話。

此外，學習美劇演員的說話方式，也會產生「我講的英文不會錯」的自信。有自信就能挺起胸膛大聲開口說話，這樣對方容易聽懂，進而再次加強自信，產生良性循環。

請活用這個良性循環，你的英文能力便可以進步神速。而這個練習方法的第一步，就是讓自己充滿自信模仿演員所說的台詞。

模仿喜歡的角色講英文吧！

在模仿演員發音時，我最推薦從自己喜歡的演員開始模仿。正因為喜歡，所以你會更有興趣聽得仔細，才會有更多動力並發揮最大努力模仿發音。

像我就很憧憬《波士頓法律風雲》裡面飾演資深律師的演員詹姆斯史派德（James Spader）的說話方式。他的 r 捲舌音不會太強，給人悠然自若、柔軟靈活，但同時也給人一種「尖銳」的感覺，是美式英文中我最喜歡的說話方式。

我高二時，就曾經將他在《波士頓法律風雲》的精采演說，運用到英文演講比賽中，也嘗試學了他的口氣與聲調。後來評審給了我「發音沉著清晰」的評語。

失敗為成功之母
多嘗試多錯，發音才會進步

在看情境喜劇《歡樂滿屋》時，我覺得最饒富趣味的角色，就是首次登場時連頭都還不會抬的小寶寶蜜雪兒。她在每一季出場都有所成長，觀眾能陪著小蜜雪兒學走路，學說話。想當然，蜜雪兒在一開始也無法好好發音。例如 ice cream 這個字，她練習了好幾次都沒辦法好好說出來，即使模仿周遭大人的發音，嘴巴還是跟不上。然而在某一集裡，她終於能好好地發出 ice cream 的音了。

我開始思考：**蜜雪兒跟苦於發音的我們這些外國人，到底有什麼差別？**

我認為不同之處是在於「嘗試失敗的次數」。不管被大人嘲笑幾次，蜜雪兒還是不斷練習發音。她會仔細注意周遭的人怎麼發音，然後反覆在錯誤中學習。惟有跨越數百次的錯誤，她才能學會正確的發音。

聆聽、學習旁人的發音固然重要，但更重要的是要有**「即使犯錯，也依然嘗試開口練習」**的心態。大人常因為害怕錯誤，而不願嘗試可能會失敗的挑戰。但人不就是必須反覆經歷錯誤與修正的過程，才能真正學會一個語言嗎？

我常抱著**向小蜜雪兒看齊**的心情，在影集中找到喜歡的句子時，我會反覆朗讀至少五次以上。前三次模仿時，或許還有很多發音錯誤，可是朗讀了五到十次時，就會越來越像劇中演員說話的方式了。

今天結結巴巴的練習，都是為了一年後能夠流利說英文的你。不論你現在有多不擅於發音，總之就是開口練習吧！

05 發音篇
讓你的英文聽起來
道地自然的三個關鍵

掌握「語調」,「字尾子音」與「嘴型」

接續上一章提到模仿美劇的英文發音,這一章我就以自己的經驗,跟各位分享說一口道地自然的英文訣竅。難得有機會聽到美劇中漂亮標準的英文發音,別只是聽過就算了,最好還要掌握以下三個要點:

① **語調**

② **字尾子音**

③ **嘴型**

這三點是從英文初學者進階到中級所不可或缺的「發音重點」。

比起發音
更應重視「語調」

其實，想說一口好英文，「語調」（intonation）比發音還要重要。英文這門語言具有豐富的語調，會**透過語調來表達最重要、最想強調的地方**，而這一點就跟中文相當不同。舉例來說，同一句英文句子，拉平尾音，就成了直述句，可要是在句尾拉高音調，就變成疑問句。這就是所謂的語調。

美劇會使用語調來呈現一些有趣、帶有情緒的台詞，使觀眾更能輕易理解劇情。各位要是看到這種地方，不妨試著模仿看看。看到喜歡的角色台詞，或有想學起來的台詞，都可以反覆練習，將它完整學起來吧。

例如在法庭劇《無照律師》中就有這樣一幕。路易斯雖然是名優秀律師，卻也是喜歡職權騷擾新人的上司。他有次要脅下屬：「如果你做不到就滾蛋，懂了嗎！」請注意「懂了嗎！」這句話，原本的英文台詞是：

Am I making myself clear?

光看字面，會覺得這不過是「我說得清楚嗎？你聽得懂

嗎？」的意思。要是升高語尾語調變成疑問句，便帶有謙遜的感覺。然而，劇中角色卻將句尾語調下降，用低沉嘶啞的嗓音説出這句話。這下子就變成「我説的話，你懂了嗎！？」給人一種脅迫的感覺。

留意字尾子音，嘴型不能省

另一個需注意的地方是英文的字尾子音。中文的每一個音節（字）都是以母音結尾，而英文則跟中文不同，字尾子音非常活躍。因此我們説英文時，很**容易忽略英文字尾的子音**，例如 cat 字尾的 t 便很容易被省略。

然而，當我們一旦意識到這個問題，卻又會因為想要念出 t，而錯誤地使用類似中文發音方式，將 t 多加了母音，念成了一個音節 te。

此時，就**注意嘴型**吧。

只要你仔細觀察美劇角色説話時的嘴型，你會發現，他們説話的特色就是每個嘴型都有作足，相當清楚。因此，念英文字尾子音這類輕音，並不需要喉嚨用力發聲，但得作足嘴型。比如 cat 這個字，一開始念前面的 ca 時，喉嚨就已經出聲，等念到 t 時，只需要輕輕收力，嘴型依然做出 t，這

樣聽起來就會有類似英美母語人士所發出的頓音感覺。

　　另一個因為沒有好好遵守英文發音嘴型而發音錯誤的音，還有字尾的 l 音。許多人在學英文時，常常忽略了字尾 l 音的正確發音嘴型與舌頭位置。像是念 all 時，只會嘴型稍微呈現 o 型，完全忽略了字尾 l 音，而念出類似字母 o 的音。遇到字尾的 l 音時，只要再多做一個動作：**舌尖上抵、輕碰門牙背面**，如此就能發出更為標準的 all。

　　這類以 l 為結尾的英文單字相當多，all、ball、call、angel、April、colorful 等，在觀看美劇時，請多加注意，然後反覆模仿練習吧。透過模仿嘴型與舌頭位置，最好連腔調都模仿，抓住演員說話的特色。盡量找到五人以上，或至少找到三個角色來練習，就能學會標準的發音。

　　最快增進自己發音的方式，就是頻繁聆聽美劇裡頭的道地發音，挺起胸膛大聲練習，模仿時盡量忠實還原，就會漸漸說出「漂亮的英文發音」！

發音進步的捷徑：語調，字尾子音，嘴型

1
語調

用語調表達最重要、
最想強調的地方。

2
字尾子音

跟中文不同，請留意英文字尾
子音的部分。

3
嘴型

講英文時，請盡量有意識地注
意嘴型與舌頭位置。

06 發音篇

看美劇
熟悉各種英文腔調

都是講英文
每個地區的腔調也會不同

英文已經是目前世界上最為廣泛使用的語言，並不是只有英國與美國人才會講。美劇中也會出現各種國籍和立場的角色，能聽到各種「口音」（accent）也是觀賞美劇的樂趣之一。

雖然接下來的話題較適合中級程度的英文學習者，不過我們還是來看看accent這件事吧。這裡說的accent不是指「單字裡加強發音的重音」，而是「口音」的意思。事先知道世界上還有許多聽起來獨特的英文口音腔調，更有助於我們進行溝通。

除了有英式英文和美式英文這兩個最為明顯的腔調之外，同樣是英式英文，在英國**各個地區也會有些許發音上的差異**。據說專門研究口音的學者，只要稍微聽一下對方的發音，就能知道那個人的出身地。許多英美偵探影集也會運用

口音差異，找出犯人協助破案。

能聽到英式英文最著名的影集莫過於《超時空奇俠》了。來自倫敦的年輕人比爾會將 nothing 講成「納音」（請見諒這裡用中文形容）。事實上，倫敦或許是世界上英文口音最為多元混亂的地方也說不定。

同樣來自英國的歷史劇《唐頓莊園》中，貴族會把 nothing 說成「納辛」，而傭人黛西卻是說成「諾辛」。因此，受到「皇家英文」（Queen's English，當時被視為「標準英音」）教育的貴族，與在故事舞台約克郡長大的黛西之間的差異由此可見一般。

英文口音不只展現在地區與階級的差異上，影集也經常出現說如墨西哥英文、印度英文或俄羅斯英文的角色，這些角色受到母語影響，說出來的英文會帶有各自的母語特色。**譬如印度裔的角色會把 r 念成 ru，俄羅斯裔的角色則會強調捲舌**。雖說戲劇裡多少會誇飾這些角色的發音，不過這也是認識各種英文口音的好機會。

本書介紹的英美影集多是美國作品，而且除了影集之外，電影或參考書等英文學習教材也多採用美式英文，因此各位可以以學習美式英文為主。當然，即便是在美國本土，也有著各式各樣的口音差異就是。

有人喜歡英國腔，有人愛美國腔，但請記住，**沒有所謂「正確的英文」**，所以還請各位別太過度在意，學習自己喜歡的發音就好！

最重要的是
要清楚傳達自己的意思

　　我大學的英國老師多次教導我，「不用把英文說得多標準，但一定要發音明確」。他認為，**與其說出一口讓人覺得很帥的英文，說一口讓人聽得懂的英文要來得重要許多。**

　　老師要求的只是「每個單字都要好好地發音」。

　　太在意道地英文發音而塞入一堆捲舌音，或是說話含糊籠統，只會讓人聽不清楚，無法正確傳達自己的意思，而失去了語言溝通的本質。這世界上有著各式各樣的英文口音腔調，就算講台式英文也沒什麼不行，只要能順暢溝通即可。如同前面章節所述，只要留意「語調」、「字尾子音」、「嘴型」，就足以避免雙方完全無法溝通的情況。

　　不擅長英文會話的人，首先一定要讓自己先開口。進一步的發音細節如連音（音與音合併）或略音，等到能開口說英文之後再學也不遲。

我的恩師布村奈緒子老師在著書《捨棄教科書的英文學習法》（テキスト不要の英文勉強法）中，這麼寫道：

「重要的不是如何説英文，而是用英文説什麼。」

　　奈緒子老師認為，只要學會別人能輕易聽懂的發音，之後就可以靠內容決勝負。畢竟，我們目標不是要當矯正發音的專業人士，只要能傳達自己意思即可，一般人並不需太擔心自己的發音要多麼標準道地。

不用死背
追劇也能強化單字量與文法力

看美劇也能提升單字量

我在高中最討厭的英文考試題目,就是長篇閱讀的插入句選擇題。我會在腦中自動打開喜歡的美劇角色聲音來閱讀文章,至少考試時不會讀得那麼痛苦。

這種考題會挖掉文章的其中一句,然後要學生從四個選項中選擇適合填進空白處的句子。不可思議的是,我只要**選擇腦中角色讀起來最自然的那個選項,大部分都能選到正確答案**。

而我現在回想起來,這就是所謂「**英文語感**」。

之所以提到這個,是因為我在前面已經介紹,從美劇收集短句提升會話能力的好處,但其實這個方法,還能讓我們有效記憶文法與單字。

方法很簡單,再次活用「我的美劇筆記」即可。

「我的美劇筆記」中累積了許多英美影集的台詞，理所當然地，我們也會一併記下常用的單字與慣用句。如此一來，你就相當於完成一本數量比參考書還多，而且品質優良的英文句子集。

比起靠單字卡死背單字定義跟例句，美劇中出現的單字應該好記許多吧。

譬如《尋骨線索》（*Bones*）的主角貝倫有這麼一句台詞。

You know the difference between strength and imperviousness, right? A substance that is impervious to damage doesn't need to be strong.

你知道堅硬與堅實的差別嗎？一個無堅不摧的物品並不需很堅硬。

雖然有點長，卻是概括整個故事主旨的佳句。只要搭配《尋骨線索》的故事情節，一起記下這句話，就能扎實學到 substance 與 impervious 這些單字的意思，而且還能連結相似詞 strength。

其他經常被提出來作為說明英文「語感」有多麼抽象困難的例子，還有這組單字：listen 與 hear。雖然都是「聽」的意思，但有些許微妙的差異。英國科幻名作《超時空奇俠》中有這一句台詞。

Doctor, please listen to me. At least hear me!
博士，請聽我說，至少聽聽我的聲音也好！

　　為了讓頑固的博士聽進自己的建議，說話者一開始用 listen 請求對方「仔細聆聽」，但最後他退一步，要博士至少 hear「當成雜音聽」就好。這句台詞清楚區分出這兩個相似的單字，而且除了 listen 以及 hear 之外，還能學到 at least「至少」這個讓步的表達。

　　我第一次聽到這句台詞時，並不知道 listen 與 hear 的差別。一開始我還覺得「這句子真奇怪」，在網路上搜尋 listen 與 hear 的差別之後，這才了解該怎麼使用這兩個字！我這輩子大概不會再忘掉這兩個字的差別，還有當初學到新知識的感動。

　　像這樣寫下自己聽到的短句，也能另外整理出一本「**相似詞使用指南**」。若你總是沒辦法用單字卡背單字，不妨試試用美劇台詞，學會生動單字的學習法吧。

以「美劇→文法」的順序學文法

我想，應該有不少人一提到英文文法就頭痛。即使看了文法書依然搞不懂這些規則，而且文法書讀起來其實一點也不有趣。

文法固然是英文進步不可或缺的關鍵，我們也的確無法捨棄文法。然而，文法書無法說明語言該如何應用於實際情境中，文法規則也往往出現許多例外。

如果你在一開始學習英文，就先從文法書讀起，你大概很容易會產生許多如「這句型到底該怎麼用？」「這個句型是用在什麼場合？」等疑問。

因此我建議，**文法書可以之後再讀**。

等你學了一定程度的英文句子、累積了一定的英文會話經驗之後，應該多少都有「這種表達很常見，但究竟是什麼意思？」「為什麼這裡要用 in ？」等疑問。到了這個時候，再去翻閱文法書參考即可。先以自己想知道的句型為出發點，再去翻閱文法書找出解釋，並查閱相關的表達方式。

譬如《歡樂滿屋》有這樣一句台詞。

If we had enough money, I could go to college.

如果我當初有錢的話，我就會去讀大學。

　　這是家中不太寬裕的小孩所説的台詞。

　　翻閱手頭的文法書，就可以看見這樣的説明：「若要表示與現在事實相反的假設，或未來實現可能性很低的假設，if 條件句的動詞用過去式，結果句的動詞用助動詞過去式＋動詞原形。」

　　光看文法書的解釋實在過於抽象、難以理解。不過要是把順序調換過來，先知道實際的句子用法，再來看這條規則，就能準確抓住「與現在事實相反的假設語氣」其實就是**「難以實現的事，或是不可能發生的事」**。

08
用美劇學英文
請避開三大陷阱

　　至此我介紹了許多用美劇學英文的優點，但事情並非有利無弊。正因為美劇裡頭的英文是自由度很高的道地英文，若是學習方法不對，很有可能會產生不良影響。我接下來會一一說明，使用這套方法學習英文時，需要避開的三個陷阱：

① **俚語**

② **誤判情境**

③ **拼寫**

　　以上三個陷阱我全都踩過，親身體驗其恐怖之處。不過話說回來，要是你能通過上面這些考驗，英文能力就能有飛躍性的提升。還請各位參考我的親身經驗，躲開這些陷阱。

俚語只有在特定少數狀況下
才能使用

　　只要有接觸音樂或電影等大眾文化的人，就絕對避免不了「俚語」，俚語指的是粗俗、非正式的語言。透過美劇，聽懂英美年輕人之間的俚語絕不會吃虧，但只有在非常特定的情境下使用俚語，才會顯得有趣酷炫。成年人沒事就用俚語，說不定還會被懷疑品性有問題。

　　我在大學有位想成為國外電影導演的女性友人，她靠著「同一部電影看十幾遍背下所有台詞」這種需要超人般意志的方式學習英文。她用這種方法看了好幾部電影，是學習非常認真的人。

　　她雖然沒有出國留學過，卻能跟英美國家的朋友流暢聊天。然而因為看多了電影，受到俚語嚴重影響，常被聊天對象指正說法。她以前會覺得有點羞愧，幸好後來透過國外朋友不斷指正用法，最近才能放心暢快地聊天。

　　像她這樣有朋友指點的例子是很幸運的。一般人使用俚語，可能會損害自己形象而不自知。

看美劇時請自帶「俚語濾網」

話雖如此，英文能力沒有一定程度以上的人，想在看美劇時自行辨識出俚語，並不是簡單的事。你可以像我這位友人，請母語人士教導，但畢竟不是任何人都能輕鬆找到如此熱心的外國人幫忙。

為了避免自己在不知不覺間記下俚語，就要**在記下短句前，先套上一層「俚語濾網」**，排除危險的俚語台詞。這個濾網基準有以下三條：

① **角色個性**

② **當下情景**

③ **對話的對象是否因為那句話感到受傷**

以第一點「角色個性」來說，這個角色要是「**年輕又很潮**」且「**常得意忘形**」，那他的台詞就要加以留意。

麻煩的是，幾乎所有美劇都會有至少一位這樣的角色。例如在《踏實新人生》或《歡樂滿屋》這些情境喜劇當中，你會常看到「青少年兒子有個壞朋友」，這些壞朋友講了粗俗用詞而讓母親皺眉頭的場面。這時候，你若看到母親搖頭嘆息的反應，就可以知道這種台詞是糟糕的俚語。

第二點「當下情景」，指的是要留意吵架場面。當你看到劇中角色情緒高漲，彼此怒吼的時候，平常再怎麼溫和的角色也會吐出一堆骯髒不雅的俚語。

如同前述，美劇的好處，就是可以看周圍的反應來判斷角色的發言是好是壞。因此，最後第三點「**對話的對象是否因為這句話感到受傷**」就是最重要的判斷依據。留心這些要點，養成思考這些表達方式究竟適不適合自己的習慣，就能說出一口漂亮又不失禮的英文。

誤讀情境會讓對方退避三舍

前面說過，看美劇提升英文會話能力的理由之一是「情境」，不過，這邊我要介紹一個誤讀情境而導致的慘劇。

現在想起來還是覺得很丟臉，那是我高中時代的事。

那是夏天某個連柏油路都像要融掉的酷熱午後。我跟平常一樣，跟外籍老師在走廊上聊天，突然他停下腳步，望著窗外說：「今天還真熱啊。」

我想起前幾天看到的《六人行》台詞，我頂著熱到快融化的腦袋，不假思索地脫口而出：

I know, right!? Smoking hot, isn't it?

是啊，超辣的。

　　我本來想表達「對呀！還真熱呢」這個意思，可是外師卻露出微妙的神情，含糊回應了幾句話後，就被其他學生叫走了。

　　五分鐘之後，我才猛然想起，smoking hot 還有其他意思⋯⋯。

　　雖然 smoking hot 字面上的確有「熱到冒煙」的意思，但在美國俚語中是 very sexy 的意思。《六人行》裡只是剛好用了前者意思，但一般美國人都會認為是後者。

　　也就是說，剛剛看著窗外的積雨雲，說出「真性感啊」的我，完全就是個愛死天氣的變態。我明明不是不知道一般的意思，但這實在是個令人悔不當初的失誤！這正是一個用字面判斷句子，結果用錯情境的實例。

　　不過，就算真的搞錯情境，讓場子冷掉也沒關係！你還可以用其他句子打圓場，挽回這種失誤。當你說錯話想要澄清時，就可以使用以下句子：

That came out wrong.

我說錯話了。　　　　　　　　　　　——《尋骨線索》史威茲

Sounded much better in my head.

我想說的其實不是這個。　　　　　　——《靈書妙探》卡索

英美母語人士很在意拼字錯誤

看美劇時另一個要小心的地方是拼寫。把台詞寫到筆記本時，務必要審慎注意拼字是否正確。

雖然拼字只要透過暫停影片，打開英文字幕來確認就好，但習慣靠聽寫做美劇筆記之後，各位多少會提早預測拼寫，隨手就寫到筆記上。這件事本身沒有問題，然而，只靠英文音聽寫出拼字，或多或少會寫出有點奇怪的單字，這個時候，**請在之後不厭其煩地查詢字典，確認拼字是否正確**。

我就是因為疏忽這個步驟，到現在還是很不擅長英文拼字，以致於大學的英文老師常對我說：「武賴，你雖然很會講，但拼寫實在不太行啊。」

英美人士大多不在意字跡潦草，可是對拼字錯誤非常挑

剔。所以一旦發現這些錯誤，就會降低對你的好感度。這若是發生在職場中，可是會大大影響到合作夥伴對你的信賴。

　　既然你都靠著美劇「開口說英文」了，那就再加把勁，「動手寫好英文」吧！

09
透過美劇
學習有禮合宜的英文敬語

英文也有敬語

　　會話能力在初級到中級之間的人,該優先重視的是「開口說英文」。不過,對於**已經能開口說出一定程度英文的人,就要開始留意英文中的「敬語」**。

　　常常有人誤解英文語言沒有敬語。的確,英文不像日文有一整套明確的敬語體系,但其實英文也有自己表達敬語的方式,講白一點,就是較為**有禮合宜**的說法。

　　透過美劇的職場互動來看英美文化,或許也會覺得他們上司與部下的關係,比起日本這種國家是來得坦率隨興許多。但即使是英美國家的人,也會在意上下關係。他們是**透過在句子開頭或句尾替換一些字來表達敬意**。

　　譬如同樣是詢問對方意願「我做～可以嗎?一起來做～吧?」,英文就有下面這幾種說法。

① **(Would you) mind if I...**

② **If I may...**

③ **..., if you like.**

①給人比較恭敬的印象，像「請問我這麼做可以嗎？」的感覺，②比較優雅，③則像是提出提案，口氣較為中性。

當你能流利說出一口英文，這些「英文敬語」是絕對該學起來的說法。英文還說得不好時，就算說得有些失禮，對方也能睜一隻眼閉一隻眼。可倘若你已經說得一口流暢英文，口氣卻依然粗魯無禮，這可就說不過去了。尤其是**在職場上使用英文的人**，更需小心這一點。

《歡樂滿屋》的續作《歡樂又滿屋》有這麼一個段落。因為丟掉工作，覺得人生無望的史蒂芬妮，她的朋友金咪介紹一個打雜的工作給她。

Stephanie: I humbly accept this position.

史蒂芬妮：小的誠惶誠恐接受這份工作。

史蒂芬妮用恭敬誠懇的語氣說出這句話，這裡的 humbly

「謙卑地」就類似日文的「謙讓語」^(註)。正因為她平常是會隨口說出 "I'll take the job." 的人，可偏在這裡裝模作樣，故意用這麼禮貌的說法，反而製造出笑點。

在句子中加上這些「英文敬語」，給人的印象就會變得成熟有禮。在美劇中，有好幾種情境都可以看見英文敬語的用法，如：

① **雙方第一次見面**：角色把親友或情人介紹給雙方時，會頻繁出現英文敬語。

② **上司與部下對話**：尤其是法庭劇或警匪劇等角色上下關係明確的劇情很常見。

③ **秘書等會客用語**：因為職業緣故而必須使用很有禮貌的字詞，如高級餐廳的店員或秘書等，他們的台詞也值得注意。

只要關注這些會話場面，就能學到有禮貌的用字遣詞。

註：日文中有嚴謹的敬語系統，可細分成五類，而謙讓語就是其中一類，指「自我謙虛」的用語，意即降低自己地位。

「圓滑」或「尖銳」的說話方式
應以何者為學習目標？

在看過這麼多英美影集之後，我認為，英文除了在用字上有「柔和或艱澀」之分，**在說話方式上也有所謂的「圓滑或尖銳」之分**。

說話拐彎抹角，避免直斷是「圓滑」，這是很多律師或政治家的說話方式。只說最低限度的資訊，談吐直接則是「尖銳」，常見於軍人的說話方式。

使用大量的「英文敬語」，讓台詞變得很冗長的就是「圓滑」，如在《超時空博士》衍生劇《火炬木》（*Torchwood*）中：

I don't mean to be picky, but I think I can spot some flaws in this.

我不是故意要挑剔，但我覺得這裡頭有點怪怪的。 ——歐文

這句話所談論的對象 this 不明確，說話方式不直接（使用 some flaws），給人「悠哉」、「善於交涉」的印象。而下面這句針對上述台詞的回應，則顯得「直接」、「尖銳」：

As if!

沒這回事！   ──傑克

　　「尖銳」的說話方式常常是簡短扼要地回應對方，明確也不會令人誤解，給人一種「急性子」、「熱血男子」、「忠於自己」等印象。

　　選擇抄下什麼類型的短句，就會決定你的筆記句子是給人「圓滑」或「尖銳」的印象。另一方面，用字的「柔和」或「艱澀」則如前面第三章所說明的，依挑選的單字決定。參考以下圖表，就可以快速收集希望學習的句子風格類型。

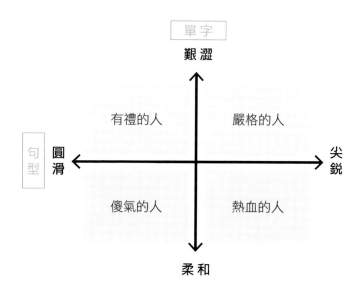

由於美劇裡的角色職業與個性有明確設定，因此很容易跟上面表格對照出來，而抓到其台詞風格。即使套用到現實世界中，這些英文表達上的差異也是大致相通的。

像是美國前總統歐巴馬就是屬於有禮的人，「艱澀用字 × 圓滑說話方式」是其一大魅力。另一方面，美國總統川普則屬於熱血的人，「柔和（簡單）用字 × 尖銳口氣」獲得不少人的青睞。各位不妨留意這樣的差別，找出適合自己的說話方式。

10
記下美劇裡
那些打中你的名言佳句

我人生的座右銘是英文

美劇是英文佳句的寶庫，即使這些名言沒什麼機會用在日常會話中，但仍有許多是可以當成人生座右銘的金句，成為激勵自己前進的人生寶藏。若是看見這樣的句子，就趕緊寫到「我的美劇筆記」裡，並標上一個特別記號吧。

我在高中時期最為印象深刻的是這句名言：

Life has a way working itself out.

生命會找到自己的出路。　　　　　　　——《尋骨線索》布斯

這些名言也可以應用在寫作中，或是在演講或做簡報時發揮驚人的效果。我還記得自己在日本宗教的演講中，直接引用了這句話：

Religion and science can live side by side.

宗教與科學可以相輔相成。　　　——《踏實新人生》神父

　　這是我從美劇中擷取下來的句子，而那一集的故事也很令人感動，所以我對這句話印象深刻。

　　不論在中文還是英文當中，都有數不清的「名言佳句」，與其借用連長什麼樣子都不知道的偉人名言，不如記下自己最有感的台詞句子，或是喜歡角色的帥氣台詞，更能深刻記在腦海中。

　　不過呢，雖然我才剛說完「寫下自己喜歡的句子就好」，但接下來，我想跟各位分享七句從美劇擷取下來「鼓勵自己努力學英文」的名言。

　　希望這些英文台詞可以幫助各位更樂於學習英文。還請各位務必找出美劇中自己最喜愛的「名言佳句」。

Failure isn't the opposite of success; it's part of it.

失敗不是成功的反面，而是養分之一。

　　　　　　　　　　　　　——《酷男的異想世界》卡拉莫

Hope and patience!

懷把希望與耐心堅持下去！　　　　——《尋骨線索》高登

Pressure can make diamonds.

壓力能點石成金。　　　　——《波士頓法律風雲》艾倫

Life rarely goes according to the plan.

人生很少能按照計畫走。　　　　——《未來迷城》卡特

We don't learn by watching. We learn by doing.

光靠看是學不會的，動手去做吧。　——《魔幻奇緣》媽媽 P

I don't get lucky. I make my own luck.

我不等幸運來找我，我的好運我自己創造。

　　　　——《無照律師》哈維

"Almost impossible" still means "possible."

「幾乎不可能」就是「有可能」。　——《美女上錯身》珍

追美劇還可以學到
英文以外的語言

　　前面說過，美劇會有來自各種背景的角色登場，而這些角色在說話時除了使用英文之外，偶爾也會夾雜自己的母語。其中有些母語用詞在生活中用得非常頻繁，甚至可以直接當成英文溝通。

　　Andiamo, boys!「出發」（義語）

　　It's a de facto standard.「事實上」（拉丁語）

　　That was a faux pas.「失敗」（法語）

　　На Здоровье!「乾杯！」（俄語）

　　雖然這些外來詞彙還稱不上「人人都懂」，但一些腦筋不錯的人應該能毫無窒礙地聽懂意思。由於世界上也有「法語聽起來很時尚」之類的語言印象，若想在會話中加點變化，或希望對方另眼相待時，或許可以試試這些外語。

　　據說中文「你好嗎？」或「再見」在國外也能通喔！

Memo

帶得走的追劇技巧 # Part 3

1. 初學者就先記住「打招呼句」「回應句」「反問句」。

2. 實際會話常出現省略用法，這時就透過美劇學習吧。

3. 優先選擇記下用途廣泛的句子。

4. 也可蒐集表達相似的各種句子，做成另一本「相似詞使用指南」。

5. 模仿喜歡的影集角色發音，是讓發音變標準的捷徑。

6. 先透過美劇掌握句子使用情境，再翻文法書釐清疑問，文法學習就能事半功倍。

7. 善用「俚語濾網」，過濾掉美劇中較不正式的用句。

8. 美劇筆記最後一招：查閱字典，確認拼字有無錯誤。

9. 中級程度者，可以透過美劇學習「英文敬語」說法。

10. 記下名言佳句，幫你的寫作、演說、工作簡報錦上添花。

不僅有趣，
還能讓英文變好！
25 部必看英美影集

為了想立刻開始追劇卻不得其門而入的讀者，我挑選了 25 部
大獲好評的名作，裡頭整理出「作品介紹」「推薦理由」「英
文聽寫重點」與「推薦佳句」，提供各位作為挑選美劇的參考。

此外，每部影集也會提供製作國家／類型／播出日期／季數／
集數／每集長度／英文難度指標。季數與集數則以 2020 年 1
月底以前的資訊為準。

Friends 《六人行》

美國　情境喜劇　1994 ～ 2004

全 10 季　全 236 集　一集 20 分

難度 ★

作品介紹

　　這部美國情境喜劇經典，是以美國紐約中央公園一棟公寓為舞台，描寫六名年輕男女的友情與戀愛故事。三位男主角羅斯（Ross）、錢德勒（Chandler）、喬伊（Joey）以及三位女主角莫妮卡（Monica）、瑞秋（Rachel）、菲比（Phoebe）個性迴異，想法也不同，卻一直是最親近的好友。

　　這部影集是播放長達十年十季的超高人氣作品，獲獎無數，充滿輕鬆詼諧的歡樂劇情，以及大量朋友間隨興的日常會話，是相當適合用來學習英文的入門作品。

推薦理由

　　由於是情境喜劇，因此故事主要發生在固定的三個場景中：紐約公寓裡的兩個房間以及一樓咖啡廳 Central Perk café。六位主角聚在一起說笑聊天的光景，總是逗得觀眾哈哈大笑，倍感親近。觀眾一邊守望著角色的工作與戀愛經歷，一邊陪著他們又哭又笑，不過如此就能學到英文自然的情緒表達。

　　《六人行》可說是電視史上最有名的美國情境喜劇，不管在美國還是英國都相當有名，只要把《六人行》拿出來當

做聊天話題，大家都知道你在說什麼。此外，你也能透過本劇體會到美式幽默。

英文聽寫重點

劇中除了談情說愛、聊八卦、搭訕把妹、彼此互虧外，偶爾也有嚴肅的吵架情節等各式各樣的場面，因此會出現多樣化的句子。透過書呆子羅斯、開朗傻氣的喬伊、搞笑的錢德勒之間的互動對話，你可以學到如何節奏明快地回話，掌握用英文聊天的技巧。

整體而言，朋友間常用的會話相當多，不太會聽到俚俗語跟難字，用字實用不過時，相當適合練習英文聽力與對話，如：

That makes two of us. 所見略同。

I was trying to reach you all night. 我找了你一整晚。

Call it even. 扯平了。

It could happen to anyone. 誰都可能會遇到這種情況。

　　正因為沒有艱澀的用字遣詞，而且多是相當實用的句子，所以《六人行》更像是一本記述日常生活中各種實用對話的英文學習聖經。

Welcome to the real world. It sucks. You're gonna love it!
歡迎來到真實世界，它爛透了，但是你會愛上它！
——莫妮卡

Full House

《俏皮老爸天才娃／歡樂滿屋》

| 美國 | 情境喜劇 | 1987 ～ 1995 |

全 8 季　全 192 集　一集 20 分

難度 ★

作品介紹

故事敍述一個舊金山大家庭的日常生活與孩子成長點滴。經歷喪妻之痛的丹尼（Danny Tanner）為了撫養年幼的三個女兒（長女 DJ、次女史蒂芬妮 Stephanie、么女蜜雪兒 Michelle），請朋友喬伊（Joey）與妻舅傑西（Jesse）來幫忙。默默無名的喜劇演員喬伊跟玩音樂的傑西，加上單親爸爸丹尼，三名奶爸在煩惱自己工作與女兒們教育的同時，也一步步築起一個溫暖的家庭。

2016 年播放續作《歡樂又滿屋》（*Fuller House*），講述長大成人的 DJ 與姊妹一起養育兒子的故事。

推薦理由

初登場仍在襁褓中的么女蜜雪兒，還有童星姊姊們是本劇最為耀眼的三個角色，她們隨著故事慢慢成長，觀眾也一路伴隨她們長大，是相當特別的觀劇體驗。有趣又可愛的她們總是會說出許多可愛又好笑的童顏童語，讓人一集又一集看到停不下來。

Danny: Let's pick a name for our new puppy. Michelle, do you have a name for the puppy?

Michelle: Yes, I do. Michelle.

Danny: That's your name.

Michelle: I like my name.

Stephanie: Mr. Bear and I have the perfect name. Mr. Dog!

D.J.: Mr. Dog? Steph, when you have a kid someday, what are you going to name it? Mr. Baby?

Stephanie: Not if it's a girl.

丹尼：我們來幫小狗狗取名字。蜜雪兒，妳想好名字了嗎？

蜜雪兒：有。蜜雪兒。

丹尼：那是妳的名字。

蜜雪兒：我喜歡我的名字。

史蒂芬妮：熊熊先生跟我想了一個很棒的名字。狗狗先生！

DJ：狗狗先生？史蒂芬妮，等妳以後有自己的小孩，妳要取什麼名字？嬰兒先生？

史蒂芬妮：如果是女生就不取這個名字。

喜歡玩音樂的傑西，時不時會突然唱起歌來，喜歡70～80年代西洋歌曲的觀眾，一定會喜歡上這部作品。這個家族成長故事細膩溫馨，推薦各位可以在觀賞嚴肅的作品時參雜這部作品，好好放鬆一下吧。

英文聽寫重點

本劇多是家庭常見的生活會話，有許多非常好用的句子。因為是以育兒為主軸的家庭喜劇，英文語速比較慢、容易聽懂，也沒有意思難懂的俚語。加上父親丹尼與早熟青少年的 DJ 間有許多真情對話，能當成座右銘的句子可說多不勝數。

We don't have much room, but we have a lot of love and a lot of laughs.
我們家雖然不大，但我們擁有許多愛與歡笑。

——貝姬

How I Met Your Mother
《追愛總動員》

美國	情境喜劇	2005 ～ 2014

| 全 9 季 | 全 208 集 | 一集 20 分 |

| 難度 ★★ |

作品介紹

　　故事開始於 2030 年的某一天，主角泰德（Ted Mosby）向他的兩個孩子訴說與他們母親相遇的過程。年輕時的泰德個性天真浪漫，戀愛經常碰壁。他與四個好友，共三男兩女在紐約曼哈頓生活，直到遇見孩子的媽，也就是妻子之後，展開追愛之旅。這故事一講就是九年，誰是媽媽這個伏筆，直到最後一集才為觀眾揭曉。

　　這部影集在《六人行》結束隔年開始播放，笑點更加進化，更多劇情伏筆也更為加強。這部影集在播映當時多次獲得艾美獎（Emmy Award，為美國電視影集的重要獎項）。

推薦理由

　　劇情走向無法預測，因此觀看過程不會感到無聊。劇本家與演員們都是一時之選，每集都能帶來超乎想像的有趣情節，有時會出現好幾個命運轉折場景，充滿戲劇性。

　　泰德等人就算得不到回報也持續追求夢想、追求愛情的樣子大大鼓舞了我，看到最終季完美回收過去伏筆的結局時，我還哭得唏哩嘩啦的呢。跟《六人行》悠閒的氣氛不同，喜歡電影的人也會愛上這部作品。要說到最有趣的情境喜

劇，我一定推薦這部作品。

英文聽寫重點

　　故事以朋友與情人間輕鬆的對話為主，五個主角經常在泰德公寓的地下室酒吧聊天。與《六人行》相比，場景更為現代，已經出現智慧型手機與 facebook，所以你會聽到更多現代人才懂的笑點。比起角色的行動，劇中更傾向用談話與互動來引人發笑，因此最大的優點是會話很多。

　　角色之一的電視記者羅賓（Robin Scherbatsky）是加拿大人，她獨特的英文腔常常被當成笑點，劇中也出現許多加拿大與美國間的文化差異梗，如果你對加拿大英文有興趣，不要錯過。

Every event in a man's life is like a dot in an impressionist's paintings.
發生在每個人身上的每件大小事，都像是印象派畫作上的一個點一樣。
　　　　　　　　　　　　　　　　　　　——泰德

Memo

One Day at a Time
《踏實新人生》

美國 情境喜劇 2017～

目前 3 季 39 集 一集 30 分

難度 ★★

作品介紹

　　故事描寫生活在洛杉磯的古巴移民第二代家庭，因此劇中充滿著開朗熱情的拉丁特色。故事是從爸爸離開家之後說起，單親媽媽潘妮洛普（Penelope）與其母莉迪亞（Lydia），一同養育 15 歲女兒愛蓮娜（Elena）與 12 歲兒子艾力克斯（Alex）。

　　潘妮洛普是名護士，感受到工作場合中無所不在的性別歧視。外婆莉迪亞是個以祖國為傲的傳統古巴人，她從古巴流亡到美國，說的英文帶有西班牙腔，在異鄉努力跳著佛朗明歌舞養活一家人。兩個正值青春期的孩子，則是對自己的血緣與現代美國文化的差異感到困惑。就這樣，三代移民子女就在美國展開新生活。

推薦理由

　　本劇雖是情境喜劇，但正面探討許多社會議題，如職場性別歧視、對拉丁裔的種族偏見、以及性別認同議題，完美結合了喜劇與批判，在開播時被評為當年度十大最佳電視影集之一。還有幽默討論生活大小事的劇情，必定會讓你目不轉睛。本劇巧妙切換有趣笑點與嚴肅場面，讓我在觀賞時又哭又笑。

外婆莉迪亞爽朗性感、媽媽潘妮洛普在男性社會中努力求生，而愛蓮娜則是女權主義者，關懷環境與社會議題。故事中透過這三名女性的視角，帶出這些議題的不同面向與各自價值觀，難得的是還加入青少年觀點，使得年輕人在看這部影集會更有共鳴。

Lydia: You are throwing away your Cuban heritage!

Elena: Yeah, the bad part. I don't want to be paraded around in front of the men of the village like a piece of property to be traded for two cows and a goat.

Lydia: Someone thinks they're worth a lot.

Penelope: What century do you two think it is? Elena, relax. It's just a fun party.

莉迪亞：妳這樣是拋棄了古巴人的根！

愛蓮娜：是啊，不好的部分。我不想在一群男人面前，被當做可以換兩頭母牛跟一頭山羊的交易品來展示。

莉迪亞：那根本值不了多少錢。

潘妮洛普：妳們倆是活在哪個世紀啊？愛蓮娜，放輕鬆，就是個好玩的聚會而已。

這部作品也展現家人的可貴，如同劇名 One Day at a Time（原意為「活在當下」）這句諺語一樣，即使每天有解決不完的麻煩，即使家人之間偶而有衝突，但是有著家人無條件的愛，我們就能努力度過每一天。

英文聽寫重點

外婆莉迪亞與媽媽潘妮洛普的發音帶有西班牙口音，所以一開始聽的時候會覺得有點吃力。不過在美國，比起以英文為母語的人，以西班牙語為母語的人口據說更多，所以這是在美國經常會聽到的口音。因此，如果你有打算去美國留學或居住，可以透過這部作品習慣一下。

You didn't fail. You just couldn't do it alone.
一個人做不了什麼，但大家協力合作就能辦到。

——愛蓮娜

Brooklyn Nine-Nine

《荒唐分局》

(美國) (情境喜劇) (2013 ～)

(目前 6 季) (130 集) (一集 20 分)

(難度 ★)

作品介紹

故事是發生在紐約市警局底下一個叫做「九十九小隊」的情境喜劇。主角是吊兒郎當的年輕警察傑克（Jake），他與其他同事在不管事的長官眼下每天輕鬆度日。然而，有天上頭卻調來一名新任主管，這新來的霍特隊長（Captain Holt）能幹又嚴厲，誓言要將九十九小隊打造成布魯克林最優秀的警察小組。

儘管如此，這八位天兵依然按照自己步調辦案。即使遇到當地黑道對決，其他小隊找麻煩，新長官與紐約市警局水火不容等麻煩事，他們仍然憑著毫無根據的自信，與不可思議的好運，克服種種難關。

本劇在播映之後獲得許多獎項，包含金球獎「最佳喜劇類電視影集」以及「最佳喜劇類電視影集男主角獎」。

推薦理由

包含不苟言笑的嚴厲隊長在內，每個角色外表性格各具特色，彼此互動可說趣味橫生，是一部傑出的爆笑情境喜劇。角色基本上都是在九十九小隊的辦公室或在街上辦案，但有時也會有敵我雙方展開如雲霄飛車般的刺激情節。即使

有用槍的動作場面，整體而言依然是一部娛樂滿分的搞笑作品，可以安心放聲大笑。有些笑點很莫名其妙，但也都很搞怪有趣，請務必親自體會看看。

　　新長官霍特是非裔美國人，也是已婚的同性戀者。美國近年常有白人警官與黑人男性產生衝突的悲慘事件，而這點也寫進了故事中，還請各位看看故事中角色的反應。

英文聽寫重點

　　身為菁英的隊長所使用的英文較為艱澀，而布魯克林出身的主角傑克則是說著一口隨性的英文，這兩者間的落差常引發笑點，是本劇最有趣的地方。

Jake: Sorry not sorry. It was just a stupid pencil.

Captain Holt: It was a gift from my deceased father.

Jake: A pencil? Your dad gave pretty bad gifts.

Although on the other hand, all my dad ever gave me

was abandonment issues. So, potato-tomato.

傑克：沒什麼好道歉的，不過就是隻低能鉛筆而已嘛。

霍特隊長：這可是我已故父親送我的禮物。

傑克：一隻鉛筆？你爸真不會送禮物啊。雖然我爸只留下遺棄我的陰影而已。我們半斤八兩啦。

　　隊長常表現出他身為知識份子的一面，如引用法語詩歌，或將「疲累」tired 改用另一個字 fatigue 表示，或是如上述對白，將「逝世的」dead 用 deceased 表示。

The English language cannot capture my deep thoughts.
英文無法展現出我深刻的思想。

　　　　　　　　　　　　　　　　　　　　──吉娜

The Big Bang Theory

《宅男行不行╱生活大爆炸》

| 美國 | 情境喜劇 | 2007 ～ 2019 |

全 12 季　全 279 集　一集 20 分

難度 ★★

作品介紹

　　故事圍繞在三名加州理工學院研究者跟一名麻省理工學院的工程師生活。主角倫納德（Leonard Hofstadter）與謝爾頓（Sheldon Cooper）是室友，常跟朋友一起玩電玩、聊科學、看科幻影片與美漫，或是在屋子裡進行一連串實驗。這幾個理工宅男雖然無所不知，但是對感情與他人相處卻是一竅不通。他們對面搬來一位金髮美女佩妮（Penny），對她一見鍾情的四人想吸引她的注意，但總是做些搞不清楚狀況的求愛行動。

推薦理由

　　這部影集除了有情境喜劇必備的笑料之外，背後也有許多科學議題，並與大眾文化做了巧妙融合，是一大看點。四位宅男主角的理工談天，大受科幻迷與專業物理學家好評，2019 年諾貝爾物理學獎開獎時，就引用本影集片頭曲作為開場：「整個宇宙曾經處在一個灼熱又黏稠的狀態，然後在近 140 億年前開始膨脹……」（Our whole universe was in a hot dense state, then nearly fourteen billion years ago expansion started...），並感謝本劇引發學生選擇物理系就讀的熱潮。

　　影集大受歡迎之後，也請來豪華嘉賓前來客串，如已故

的史蒂芬霍金博士也曾經登場幾次。理工系的各位務必看看本劇。不只是理工話題，陸續登場的女性角色也替本劇增添許多戀愛八卦話題，讓我這樣的文組人也看得很開心。

Sheldon: I'm home, Mom. No, Mother, I could not feel your church group praying for my safety. The fact that I'm home safe does not prove that it worked. That logic is post hoc, ergo propter hoc.

謝爾頓：媽，我到家了。不，媽媽，我感覺不到妳的教會有幫我祈禱平安。就算我平安到家也不證明祈禱有效。這個邏輯完全是個謬誤。

Sheldon: One cries because one is sad. For example, I cry because others are stupid, and that makes me sad.

謝爾頓：大家都是因為傷心才哭嘛。比方我哭，是因為別人太笨，而這件事搞得我很傷心。

　　脾氣古怪又固執的謝爾頓是本劇亮點，許多爆笑情節都

出自他口，他也因為本劇大受歡迎，之後還催生了一部衍生劇《少年謝爾頓》（*Young Sheldon*）。

英文聽寫重點

謝爾頓説話速度很快，但發音清晰，多看幾集習慣之後就能聽懂。最困難的其實是他們聊到物理學、工程學方面的專門術語，這個時候，就直接開中文字幕觀看，好好享受劇情吧。如果想看一些實用性更高的句子，就可以關注平易近人的佩妮。

You are a great guy, and it is the things you love that make you who you are.
你是個好人。正是你喜愛的事物造就了你這個人。
——佩妮

I'm not crazy. My mom had me tested.
我沒發瘋。我媽有帶我去檢查過。
——謝爾頓

Unbreakable Kimmy Schmidt
《打不倒的金咪》

美國	喜劇	2015 ～ 2019
全 4 季	全 51 集	一集 25 ～ 50 分
難度 ★		

作品介紹

　　金咪（Kimmy Schmidt）是一位被末日邪教拘禁在地下室 15 年的女子，重見天日之後，靠著在邪教學到的驚人正向思考，決心在紐約生活，適應現代社會。她與偶然相遇、夢想在百老匯發光發熱的黑人同性戀泰塔斯（Titus Andromedon）成為室友。金咪對所有人都很開朗、坦承以對，不困於黑暗過去。持續成長的她逐漸鼓舞了周遭的人。

推薦理由

　　雖然金咪有著慘烈的過去，卻表現出如太陽般的正能量，連觀眾都得到了活力。即使其他角色都有著各自的難關與傷痛，但與金咪互動並被耍得團團轉的過程中，受其簡直如同暴力般的正向思考影響，也都漸漸走出自己的陰霾。

　　我們可以從喜悅、失落都卯足全力的他們身上得到活過明天的勇氣。最適合結束一週工作的社會人士或被課業壓得喘不過氣來的考生觀賞。

英文聽寫重點

　　這部作品因為奇特的背景設定與特色強烈的角色所致，劇中的台詞相當有力。所有人的講話思維都像失控的特快車般無法捉摸，因此難以成為掌握情境的練習教材。不過，每個人的信念都匯聚成一句句珍貴的熱血台詞。

　　台詞少有困難單字，能學到用基本單字構成的表達方式，句句聽起來有力又率直。每位演員都用稍微誇張的口氣來演戲，因此有著容易聽懂台詞的優點，其中泰塔斯會忽然唱起音樂劇，留下許多毫無根據、自信滿滿的趣味名言。

Look at me. Talented. Dashing. Transcending. But no career and no agent. And just the one sock.
瞧瞧我，我聰明瀟灑又優秀。雖然我沒工作也沒經紀人，只有一隻襪子。

——泰塔斯

Smile until you feel better.
微笑吧，你就會真的好轉。

——金咪

Memo

Doctor Who 《超時空奇俠》

英國　科幻　冒險　1963 ～ 1989，2005 ～

目前 37 季　981 集　一集 50 分

難度 ★★

作品介紹

　　如果要說到最長壽、也最受歡迎的英國影集，本作品一定穩坐第一。本劇是由英國廣播公司 BBC 所製作的科幻影集，從 1963 年播放至今已經超過 50 年。故事主角自稱 Doctor「博士」，會帶著他稱為 Companion「同伴」的人類助手，透過時空旅行裝置，遨遊在銀河中，解救一次又一次的宇宙危機。博士是「時間領主」這個種族最後的傳人，數千年壽命走到盡頭時，會重生擁有全新外貌與記憶，並展開下一次人生旅途。每一任的博士性格外貌都不同。深愛自由與神秘的博士引領著我們前往宇宙的盡頭與時間的終點。

　　本作品也有許多衍生劇，如本書有引用其台詞的《火炬木》（*Torchwood*）就是其中之一。

推薦理由

　　或許是演出手法與特效技術終於追上作品的世界觀，2010 年起，劇組全部換新並開播新系列，第 11 任博士由個性派男星麥特史密斯（Matt Smith）出演，他的瘋狂演技正適合這次古怪的暴走系博士。

　　異想天開的設定和鮮明角色，再加上規模浩大的世界

觀，讓本作成為聞名世界，不論是科幻迷還是一般英國人都
愛不釋手的電視劇。在《宅男行不行》中也常比喻為經典科
幻作品。

英文聽寫重點

　　本劇可說是最能表現濃厚英式英文的作品。角色幾乎都
說英式英文，喜愛英式英文口音觀眾可以完全沉浸在其中。
雖然場景多半遠離日常，但被博士帶著前往各種時空驚訝連
連的同伴，會使用許多反問、回應的句型，可以學起來。雖
然博士說話比較快，可是發音很清晰，只要重聽幾次應該不
難聽懂。

Laugh hard; run fast; be kind.
盡情地笑，盡情地奔跑，溫柔待人。

——博士

Memo

Eureka 《未來迷城／遺城》

美國　科幻　懸疑　2006 ～ 2012

全 5 季　全 77 集　一集 40 分

難度 ★★

作品介紹

Eureka 是一個地圖上找不到的城鎮，小鎮裡住著都是全美國最聰明、最頂尖的科學家，在第一集裡，警察傑克（Jack Carter）無意間闖入這個小鎮，在調查一起離奇事件的過程中，慢慢揭開了這座小鎮的神秘面紗——美國政府默許的高科技實驗場。在因緣際會之下，傑克和女兒佐伊（Zoe）搬到了這個小鎮居住，並成了 Eureka 的警長，負責處理各式各樣因高科技而產生的奇怪案件。

推薦理由

本作用高水準的特效影像描繪一起又一起因科技失控而引起的事件。說著一口艱澀英文的瘋狂科學家，以及傳統美國大叔傑克形成了有趣的對比。說這部是過於講究特效而不小心變成了科幻喜劇也不為過。

這部影集結合了科幻、西部、偵探等因素，並夾雜著愛情、親情等題材。除了科幻元素，身為單身父親的傑克追求愛情，還有教育女兒佐伊的煩惱模樣，都是這部有趣作品中值得注目的看點。

英文聽寫重點

　　雖然劇中的瘋狂科學家會丟出一堆看不懂的虛構科幻用語，或實際會用到的科學專業術語，但觀眾還是可以從被這些科學家耍得團團轉的傑克的台詞中，學到許多實用句子。

　　"This remote doesn't work!"（遙控器沒反應！）等這類日常生活可用，但有些誇飾的表達方式很多，若想學會一些稍微誇飾有趣的英文，不妨來看看這部作品。

I'm just a product of my environment.
我只不過是環境下的產物。

――佐伊

Heros 《超異能英雄》

美國　科幻　冒險　2006 ～ 2010

全 4 季　全 77 集　一集 45 分

難度 ★★

作品介紹

　　說到超能力題材，自然很容易想到超級英雄系列，而本劇就是超級英雄故事的美劇版本。故事是一群發現自己有了特殊能力的普通人拯救未來危機的科幻影集。世界上有一部分的人，突然擁有了空中飛行、肉體再生、預言未來、時空操作等特殊能力。這些人有的怕被當成怪胎而隱瞞能力、濫用能力、或是以為自己得到天啟，各自有著不同反應。

　　其中一部分人發現了塞拉（Sylar）這個能奪取對方能力的危險超能力者，並得知他會在紐約引發核爆之後，決定挺身而出對抗他。雖然這群超能力者尚未完全掌握自己的能力，但為了阻止塞拉，他們超越立場與國籍集結在一起，拯救世界。2015 年推出續集《超異能英雄：再啟》（Heroes: Reborn）。

推薦理由

　　雖然劇中有些比較血腥的場面，但展現超能力的拍攝場景、電腦特效都是大手筆，相當精緻，演員卡司陣容浩大，有如電影一般精采。雖然故事是採多線各自進行，但隨著每一季的劇情推展，故事支線會開始連結起來，規模會變得越來越浩大，懸疑情節也愈加引人入勝。劇中可以看到每個人

對於獲得權力之後的各種角力鬥爭與心機，劇情有深度，引人入勝，喜好沉重作品的人，本作品絕對能滿足你。

英文聽寫重點

除了超能力的戰鬥場景外，討論一連串騷動的對話場面也不少，能扎實聽到許多英文對話。在來自各國的超能力者中，也出了一個能「控制時空」的超強日本角色，操著一口濃厚的日式英文為故事妝點不少趣味性。每個角色都有自己上陣的帥氣場面，想必各位能收集到很多經典台詞。

The future isn't written on a stone.
未來是可以改變的。

——克萊爾

Memo

The Good Place 《良善之地》

美國　奇幻　喜劇　2016 ～ 2019

全 4 季　全 53 集　一集 20 分

難度 ★★

作品介紹

生前自私刻薄的艾莉諾（Eleanor），年紀輕輕便遭逢交通事故而死。醒來後她眼前出現一位自稱 Michael「天使麥克」的老紳士，他向艾莉諾解釋，自己為世上人類的所有行為打分數，若生前累積善行便能前往 Good Place「良善之地」生活。艾莉諾發現對方誤認了自己是別人，怕自己被送去 Bad Place，於是選擇裝作一個好人。艾莉諾在與良善之地的鄰居如大學倫理學教授其迪（Chidi）、美人名媛塔哈妮（Tahani）、沉默寡言的僧侶傑森（Jason）互動的過程中，漸漸發現麥克背後隱藏的驚人秘密。

推薦理由

整部影集探討「什麼是壞人？怎樣才算好人？」這個課題，並藉由麥克、艾莉諾、其迪、塔哈妮、傑森等角色，鋪陳出倫理學為主題的內容，替本劇增添了深度。編劇透過其迪身為倫理學教授的角色，不時在幽默劇情中拋出一個個難解又值得深思的哲學難題，讓劇中角色與觀眾去思考和選擇。

本作雖然是以死後世界為背景，但場景設定看起來明亮又現代，天堂看起來就像行政單位一樣。劇情每每峰迴路

轉，每集都有爆點，是無法預測走向的喜劇，除了有喜劇的大量荒謬笑點之外，也有許多感人故事，可以成為你忙碌之餘的小小心靈綠洲。

英文聽寫重點

因為故事設定相當異想天開，在麥克像個導遊般介紹良善之地，或倫理學教授其迪解釋何為「良善」的課程中，都能聽到獨特的句子。劇中也引用很多哲學家的名言，對倫理哲學方面有興趣的人，一定要看這部作品。

愛用俚語的艾莉諾與傑森、用字遣詞優雅的麥克、說著英國腔的名媛塔哈妮之間的用字落差值得一看。只要決定自己想說英文的方式，並選擇與自己相似的角色，便能有效率地收集到自己用得到的句子。

Knowing yourself is enlightenment.
了解自己就是一種啓發。

　　　　　　　　　　　　　　　　——其迪

---

12 充滿權謀算計的政治懸疑傑作

House of Cards 《紙牌屋》

| 美國 | 政治 | 2013 ～ 2018 |

| 全 6 季 | 全 73 集 | 一集 40 ～ 60 分 |

| 難度 ★★★★ |

作品介紹

本劇改編自英國廣播公司 BBC 同名影集，以暗黑的政治人物為主，講述法蘭克（Frank Underwood）的政治人生，他一路過關斬將、權謀算計，透過交際手腕，甚至不惜借刀殺人來擴展政治版圖，進而當上副總統、甚至總統的故事。

法蘭克收服了年輕政治家彼得（Peter Russo），並為了自己的野心一步步增加棋子。同時他看上想追查自己的新人記者柔伊（Zoe Barnes），兩人達成交易，以政界內幕情報來交換對法蘭克有利的報導。是一部刻劃政治與新聞界黑暗的政治懸疑劇。

這部精采傑作曾獲艾美獎九項提名，包括最佳男主角、最佳女主角、最佳影集、最佳導演、最佳攝影、最佳剪輯等，飾演法蘭克妻子的女主角羅賓萊特（Robin Wright）更以本劇拿下金球獎最佳戲劇女主角。當時美國總統歐巴馬也曾在推特上表明自己是本劇忠實觀眾。

推薦理由

劇名 House of Cards 指的是用撲克牌疊起來的塔。疊得越高越是搖搖晃晃的牌塔，或許正呼應故事人物為了權力越

爬越高也越不安穩的狀態。劇中描寫了充滿黑暗政治權謀的美國華盛頓首府，明明只有活人登場，卻比許多恐怖電影還可怕。登場人物隨時會死亡或背叛，觀看過程完全無法安心。與一般政治題材的影集相比，本作對美國政壇與國會運作，以及權力、金錢與性之間的赤裸交易，描繪地空前寫實。

雖然主演凱文史貝西（Kevin Spacey）在最終一季開拍前，因性騷擾醜聞被解雇，但故事仍有一個令人驚駭不已的結局。

英文聽寫重點

政治用語並不如想像中多，很快就能聽習慣。基本上，劇中政治家所使用的語彙水準極高，有時會覺得跟喜劇根本是完全不同的語言，可以親自體會看看。不過角色説話都充滿自信，發音相當清晰、語調平緩，因此只要仔細聆聽，還是能聽懂。

另外，他們會用優美的表達方式講出自己的信念與座右銘，對喜好收集名言佳句的人來説，這部絕對是不容錯過的作品，甚至可説劇中台詞句句是金句，做筆記的手都停不下來呢。

Friends make the worst enemies.

朋友將會成為最難纏的敵人。

——法蘭克

There are two kinds of pain. The sort of pain that makes you strong, or useless pain. The sort of pain that's only suffering. I have no patience for useless thing.

世上有兩種痛苦。一種令你強壯，一種毫無用處。無用的痛只有痛苦，我沒耐心浪費時間在這無用的事。

——法蘭克

For those of us climbing to the top of the food chain there can be no mercy. There is but one rule: hunt or be hunted.

對於爬到食物鏈頂端的我們而言，不能心軟。我們的世界只有一條規則：弱肉強食。

——法蘭克

Success is the mixture of preparation and luck.

萬全準備與好運是成功所不可或缺。

——法蘭克

Designated Survivor

《指定倖存者》

| 美國 | 政治 | 2016 ～ 2019 |

| 全 3 季 | 全 53 集 | 一集 45 分 |

難度 ★★★

作品介紹

　　美國國會規定，當各部會領導人齊聚時，必須要有一人被隔離在其他地方接受護衛。如此萬一發生不測，才可確保政府高級官員不會全部喪生，而這名官員便是所謂的 designated survivor「指定倖存者」。

　　故事一開始，總統正在發表演說，美國國會卻發生爆炸，包含總統在內所有閣員都在爆炸中喪生。而被選為指定倖存者、在閣員中最不起眼的公務員部長湯姆寇克曼（Tom Kirkman）就這麼成為了臨時總統。在與軍隊、其他議員和他國領袖的政治角力中，寇克曼將一步步查出爆炸案背後的真相。

推薦理由

　　第一集剛開始沒多久，美國國會就發生大爆炸，是個頗具衝擊的開場。不過後續劇情細膩，描寫一夕之間成為美國總統的政治素人寇克曼，雖然陷入一連串政治糾葛，但其努力奮鬥以及家人全心支持他的溫暖場面。寇克曼誠實正直，他一步步運用穩健手段實現理想，起初對他感到懷疑的白宮成員也漸漸信任他。

另一方面，美國聯邦調查局 FBI 盡全力調查爆炸案，最後將找到令人震驚的事實。除了必須與狡詐的外國交手，還得面對國內的敵人，總讓人不自覺地想為多災多難的寇克曼加油。

英文聽寫重點

可以聽到政府高官的用字遣詞，如美國聯邦調查局現場指揮官緊迫危急的口氣，想盡早揪出敵人攻擊的軍方，還有彼此之間的爭鬥場面。此外，在關鍵時刻還可以聽到總統寇克曼聲音嘹亮的演說，各位不妨當成演講或簡報時的參考。

雖然劇中氣氛始終緊張，但跟《紙牌屋》比起來，角色更具有人情味，體貼對方或是開玩笑的句子是觀看本劇時最大的救贖。

Kirkman: What if you go to bed right now and I let you stay up an extra hour tomorrow night, so we can hang out?

Penny: Sound like a deal?

Kirkman: Deal.

寇克曼：如果妳現在上床睡覺，我就讓妳明天晚上晚一小時睡，我們就可以一起玩？

佩妮：就這麼說定了？

寇克曼：成交。

We must show that our flag is still flying strong.
我們必須證明我們的國旗仍強勁飄揚著。

——寇克曼

Suits 《無照律師／金裝律師》

| 美國 | 政治 | 2011 ~ 2019 |
| 全 9 季 | 全 134 集 | 一集 40 分 |
| 難度 ★★★ |

作品介紹

　　麥克（Mike Ross）曾是個聰明過人的法學院學生，但受損友拖累而被休學。他決心遠離過去墮落的生活，來到紐約曼哈頓著名的律師事務所面試。事務所裡頭最有能力的律師哈維（Harvey Specter）已經看厭了千篇一律的法學院畢業生，在見識到麥克的天賦與過目不忘的能力之後，決定雇用他作為助理，於是這兩位便作為夥伴，開始在律師界大展拳腳。除了有法律訴訟戲碼之外，也有刻劃經營律師事務所背後要付出的代價與難處。

推薦理由

　　Suit 這個字除了有「西裝」的意思，也有「訴訟」之意，剛好呼應這部劇的精神，所以一開始哈維錄取麥克之後，就先要求他穿一套好一點的西裝。

　　你可以在本劇中看到菁英律師之間的角力、緊張的法庭戲，也有描寫每位角色私底下的感情生活。劇中無論男女主角個個都是俊男美女，角色之間互動相當明快直接，毫不拖戲，使用都會特色包裝法律界的明爭暗鬥，是部賞心悅目、節奏明快的時裝劇。

英文聽寫重點

　　劇中無論是律師或是助理都很聰明，用字聰慧、明快，犀利，故事較少有法庭上的雄辯，而是側重於私下協商與辦公室的人物對話，可以學到各種鬥嘴與俏皮話，也可以學到感情戲的調情說法等等。

Mike: I thought you were against emotions.

Harvey: I'm against having emotions, not using them.

麥可：我以為你反對打感情牌。

哈維：我反對感情用事，但不反對利用情感。

　　由於主角都是談判界翹楚，語速相當快，而且語詞省略很多，以聽寫難度來說頗高。也因此若看到特別喜愛的場面，不妨多回放幾遍看看吧。

That's the difference between you and me.
You wanna lose small; I wanna win big.
這就是我們倆之間的區別。你總是在想怎麼把損失降
到最小，而我想的是怎麼能贏得更大。

——哈維

Don't play the odds. Play the man.
我玩的不是機率，我玩的是人。

——哈維

When you work with tigers, once in a while they're
gonna take a swipe at you.
跟老虎共事，牠們免不了會突然朝你揮拳。

——潔西卡

Boston Legal 《波士頓法律風雲》

(美國) (政治) (2004 ~ 2008)

(全 9 季) (全 101 集) (一集 40 分)

(難度 ★★★★)

作品介紹

　　行事高調、特立獨行，為了勝訴不擇手段的艾倫（Alan Shore）喜歡挑戰困難甚至勝算渺茫的案件，並靠著天生的辯才無礙獲得無數次勝訴，後來跳槽到老友丹尼（Danny Crane）的律師事務所。艾倫與過去號稱零失敗卻開始顯露疲態的丹尼，既是師徒也是多年老友，雖然他們曾為了女人對立，但兩人仍互相合作解決一椿椿棘手案件。除了打官司場面之外，也會穿插辦公室與個人生活中的趣事。

推薦理由

　　辦公室場景比較接近喜劇，但到了法庭上就全然不同。主角會透過發生的案件，探討槍枝、社會、歧視、公害等當今美國社會的深刻議題。劇情切入的角度相當尖銳有深度，每每發人省思。雖然是十年前的美劇，但是所探討的議題仍然可以套用到現在社會議題中，毫無違和。艾倫、丹尼與其他同事會發揮他們的三寸不爛之舌，透過幽默機智的對話帶出這些沉重主題，是相當寫實，但也充滿幽默的法庭傑作。

　　每集最後，艾倫跟丹尼總會在陽台談天說地作為每集的結束。在這一刻每每讓我體會到，人生能有一知己把酒言歡，足矣。

英文聽寫重點

　　我相當喜歡飾演艾倫的演員詹姆斯史派德。他的 r 捲舌音不會太強，柔軟悠然的說話方式非常有魅力。一旦當他一站上法庭就會完全變了個人，他在法庭上滔滔雄辯、條理清晰進行抗辯的樣子，會散發一股說服你的力量。除了他的口條，他的姿態、手勢、語調與說話的重音等也相當值得一看。

　　法庭戲的語速會非常快，句子和用字水準也極高，要聽懂不太容易，此時就搭配雙字幕跟暫停鍵，寫下自己喜歡的台詞吧。

I'm Denny Crane. Never lost. Never will.
我是丹尼，我沒輸過。以後也不會。

——丹尼

Memo

Drop Dead Diva 《美女上錯身》

美國　奇幻　法庭　2009 ～ 2014

全 6 季　全 78 集　一集 40 分

難度 ★★

作品介紹

漂亮又有男友的黛比（Deb Dobkins）才剛要開始自己時尚模特兒的大好人生，沒想到就遭逢交通事故而死。她在天堂大鬧一番的結果，就是附身到另一個同時間喪生的人身上復活。這副新身體的主人是個大號的女律師珍（Jane Bingum）。失去美麗的代價，是換得黛比一直想要的聰明頭腦與法律知識，從此之後她決意以珍的身分活下去，是部帶有奇幻色彩的法庭劇。雖然設定異想天開，但打官司的場面一點都不馬虎，而且戀愛也是本劇一大主軸。

推薦理由

一開始雖然有「天堂」、「調換身體」等科幻元素，但隨後便細膩刻劃黛比是否要作為珍活下去的內心糾葛。每一集與律師唇槍舌戰的法庭戲碼也相當精采，每次案件都有不同主題，可能是離婚訴訟、或是環保或性別歧視等議題，劇情緊湊不失有趣。

重新展開新人生的珍有位一路相挺的好姐妹史黛西（Stacy Barrett），讓她的新生活並不孤單，珍與史黛西的友情也是令人感動又羨慕。劇中還巧妙穿插你我都會遇到的愛情問題，一開始黛比遇見以為自己死了的男友葛瑞森

（Grayson Kent）時，那份心痛哀傷實在賺人熱淚。

英文聽寫重點

金髮尤物黛比借用了聰明勤勞的珍的腦袋，天真浪漫的說話方式與法庭上所使用的艱澀用詞形成有趣的對比。

Jane: Mrs. Wellner, how much do you think you're worth?

Mrs. Wellner: Why?

Jane: Because if you don't think you're worth much, why should he?

珍：威爾勒女士，您覺得自己值多少錢？

威爾勒女士：什麼意思？

珍：如果您都覺得自己不值錢，他憑什麼要認為您值那麼多？

雖然整體語速較快，但浪漫場景中的優美台詞會一字一句地清楚發音，不用太過擔心。以為女友已經過世的葛瑞森

對著同事珍述說對黛比的愛等場面，會出現許多令人感動的
純愛良言。想擦拭眼淚還是仔細做筆記，就看你的選擇囉。

Jane, I offer you everything; for without you, I'm
nothing. I promise you to look after and up to
you; to hold you tight, but not hold you back; to
stay by your side — as you stay by mine — for all
eternity.

珍，我會給妳一切。沒有妳，我什麼都不是。我向妳
承諾，我會在妳身後照顧妳，並且跟上妳；我會緊緊
擁抱妳，但不拖妳後腿；我會待在妳身邊，如同妳待
在我身邊一樣，直到永遠。

——葛瑞森

Whether I win or lose, I just want a fair shot.
不管我是輸是贏，我只想要公平的競爭。

——珍

Castle 《靈書妙探》

美國　懸疑　犯罪　2009 ～ 2016

全 8 季　全 173 集　一集 40 分

難度 ★★★

作品介紹

　　卡索（Richard Castle）是住在紐約的暢銷犯罪小說家，在他陷入人生低谷時，卻發生一起模仿自己小說情節的殺人命案。紐約市警局的美女刑警貝克特（Kate Beckett）因而接觸卡索，請他協助辦案，他因此成為警察顧問。卡索天馬行空、鬼靈精怪的犯罪推理總是百發百中，後來便開始得意忘形，靠著警察顧問的身分，陸續參與之後紐約市警局的各種調查行動。這對冤家漸漸建立起自己的功績，彼此互動也相當有趣，充滿喜感。

推薦理由

　　卡索作為犯罪小說作家，一直憧憬著警察這個職業，與討厭現場被搞亂的貝克特之間愉快的互動，是這部作品的一大看點。案件基本上都是一集完結，在解決案件過程中，也會慢慢鋪陳帶出兩位主角的過去，如「卡索為何成為犯罪小說家的理由」或「貝克特的灰暗過去」，故事會因而越來越複雜多變。

　　卡索時常從獨生女亞莉克西斯（Alexis）與自己母親瑪莎（Martha）的言行之中獲得解決案件的關鍵，家人間的溫暖親情也是這部影集的重要元素。

有趣的是，劇組還特地在亞馬遜網路書店為男主角卡索建立專屬網頁，現在上去搜尋還能看到卡索自介與相關小説作品。

英文聽寫重點

卡索是作家，調查案件時會以採訪為名義，因此有時會用詩意般的用字來描寫事件，讓周圍刑警退避三舍。他用的單字也很難，這些詩歌般的台詞提高了聽寫難易度。相較之下，貝克特會用大量如 "I have a hunch."（我的直覺）之類較口語好用的句子提供我們學習。

解決事件後兩人大多都會舉杯慶祝。這時候除了懸疑要素外，也能聽到日常生活中可用的句子。

> We make a pretty good team, you and I.
> 妳跟我真是最佳拍檔。
>
> ——卡索

Memo

Bones 《尋骨線索》

美國　懸疑　犯罪　2005～2017

全12季　全246集　一集40分

難度 ★★★★

作品介紹

這是部長達 12 季的大作，法醫人類學博士貝倫（Temperance Brennan），人稱「骨頭專家」，以及委託她進行白骨鑑定的 FBI 幹員布斯（Seeley Booth）聯手偵破案件。他們所調查的不是活人，而是嚴重損壞的白骨遺體，在聯手辦案過程中，不善溝通的貝倫與調皮活潑的布斯個性雖南轅北轍，但會逐漸建立起深厚的信賴關係。

劇中不僅有精采的驗屍場面，無論主角配角個個形象相當鮮明立體，對其生活與感情面的刻劃也相當細膩，是部會令人上癮的優秀作品。

推薦理由

個性大不相同的主角互動可說是本劇一大看點。年輕貌美又才華洋溢的貝倫，只對骨頭有興趣，因此得到 Bones「小骨」的暱稱。她盡講些一般人聽不懂的專業術語，與人溝通的能力可說是零。而布斯在與貝倫一起合作的過程中，會協助貝倫與被害者家屬「說人話」，進行真正的溝通。除了男女主角之外，劇中的驗屍團隊也很值得關注，每個成員都有自己個性與背後的故事。

劇情多半改編自真實故事，因此案件相當有可看性，每集案件故事新穎不重複，驗屍過程也相當專業科學，遺體的效果呈現上也相當逼真，建議最好避開吃飯的時候看。

英文聽寫重點

盡說專業術語的驗屍團隊與聽不懂而不斷反問的布斯之間沒完沒了的問答，我們可以從中學到困難與簡單的表達方式對比。

"The multiple fractures on the ribs indicate that..."（從肋骨上的微小骨折來看……）這種其他美劇絕對聽不到的深度「骨頭英文」，你也能在這部作品中找到喔。

People lie, but bones always tell the truth.
人會說謊，但是骨頭永遠反映真實。

——貝倫

Memo

The Mentalist 《超感警探》

美國　　懸疑　　犯罪　　2008 ~ 2015

全 7 季　　全 151 集　　一集 40 ~ 50 分

難度 ★★★

作品介紹

派屈克簡（Patrick Jane）相當擅長從枝微末節分析人類心理，因此便利用此特長，自稱是能心靈感應的靈媒，並以此為生。但他卻因而惹上 Red John「連環殺手紅約翰」而拖累自己妻女被殺。現場除了留下犯罪聲明外，還有用兩人的血在牆壁上畫的笑臉圖案。

十年過後，又發生同樣手法的命案。加州調查局 CBI 李斯本（Teresa Lisbon）探員等人在調查途中，遇見憔悴落魄的簡。簡以出色的洞察力，看穿這是一起由模仿犯所犯下的命案而成功解決案件。因此，加州調查局邀請簡加入，協助調查工作。

推薦理由

簡是溝通專家，多數的謊言他一眼就能揭穿，他能一步步質問事件目擊者，然後揭露對方的謊言，其手法堪稱神奇，就像看一齣精采的魔術秀一樣。

Jane: Why do magicians have beautiful girl assistants?
They're reliable distractors of attention.

簡：為什麼魔術師喜歡用漂亮女孩當助手？因為她們是分散注意力很有用的道具。

　　基本上是一集解決一個事件的單元劇，不過，大魔王紅約翰時不時會在事件中露出一些蛛絲馬跡，為故事增添了不少懸疑感，是貫穿全劇的主線。

　　簡因為悲慘過往而展現出的輕浮態度，與嚴肅陰暗的劇情之間取得很好的平衡，是部一定要看到最後的佳作。在美國開播當時，甚至博得超越著名動作影集《24 反恐任務》（24）的超高人氣。

英文聽寫重點

　　在簡向李斯本說明心靈感應技巧的場面中，你可以學到以邏輯構組思緒的英文表達。由於登場角色都是精明能幹的人，所以你也會看到角色大玩譬喻和文字遊戲的高水準句子。請辨清這些句子會用在什麼樣的情境中，仔細思考可以使用的場合吧。

簡即使遭遇殘酷打擊，也會用平穩的口氣說話，不過聲
音會有些沙啞，聽寫時要仔細聆聽。

You can't let people see what's in your heart.
不能讓人看透你在想什麼。

——簡

White Collar 《雅痞神探／妙警賊探》

| 美國 | 懸疑 | 犯罪 | 2009 ～ 2014 |

| 全 6 季 | 全 81 集 | 一集 40 分 |

| 難度 ★★★ |

作品介紹

　　這是一部犯罪調查懸疑美劇，主角是惡名昭彰的天才騙子尼爾（Neal Caffrey），他因為擔心女友安危而從聯邦監獄逃獄，卻目睹女友所搭乘的飛機爆炸，並再次被美國聯邦調查局 FBI 資深探員彼得（Peter Burke）給逮捕。為此，尼爾與彼得做了交易，他提供自身技能，以協助美國聯邦調查局辦理詐欺案件以換取自由，彼得決定配合。

　　這兩人一個是詐騙高手，一個是專門捉拿詐騙高手的聯邦調查局警探，他們本來沒有合作的可能，但事實證明他們合作無間。隨著尼爾、彼得、尼爾的夥伴莫茲（Mozzie），以及彼得妻子伊莉莎白（Elizabeth）這四人在劇情推展下開始互相了解、放下心防，彼得卻開始懷疑自己是否該信任尼爾……。

推薦理由

　　劇名 white-collar 指「白領階級的、透過腦力工作的」，由此可知，劇中所涉及的案件都是需要動腦的智慧型犯罪。而深諳此道的尼爾協助美國聯邦調查局，與彼得攜手合作打擊騙局，甚至還以高超技巧將藝術品模仿得維妙維肖，像是複製油畫來破壞黑市美術品交易，精密擬真的手法與執行

力，令人歎為觀止。

彼得雖然對尼爾的協力破案感到驕傲，但也對他再次升起警覺心：「畢竟他是精通此道的罪犯啊。」他們既是密友也是競爭對手。同時，尼爾卻開始擅自行動起來……。劇中細微的心理描寫與令人目不轉睛的詐騙技巧是看點。

英文聽寫重點

一開始是尼爾，接著是各種騙子和小偷陸續登場，因此，你可以在本劇聽到反映角色背景和個性的各種口音。由於角色來自各種國籍與不同職業背景，你可以學到重要的英文片語用法。另一方面，角色在進行詐欺調查時幾乎不會有談話，這時就看著畫面享受劇情吧。當場景切換到角色在彼得家中用餐時，你可以聽到許多日常英文對話。

整體而言，你可以透過這部美劇，學到各種情境的英文表達。順道一提，本劇名言大多出自於莫茲口中，想蒐集名言的各位請不要錯過。

If you want a happy ending, that depends on where you stop your story.
如果你想寫出一個美好結局，那你得在對的地方停筆。
——莫茲

We can't change the direction of the wind, but we can adjust the sails.
我們無法改變風的方向，但我們可以調整船帆。
——莫茲

Some birds can't be caged.
有些鳥兒是不能關在籠子裡的。
——莫茲

Sherlock 《新世紀福爾摩斯》

英國　懸疑　2010 ～ 2017

全 4 季　全 13 集　一集 90 分

難度 ★★★

作品介紹

這部紅遍全世界的犯罪懸疑英國影集，改編自柯南道爾的經典偵探小說《福爾摩斯》，並將場景搬到現代二十一世紀的英國倫敦。曾在阿富汗戰爭中擔任軍醫的華生（Dr. John Watson）回到倫敦，但由於金錢不寬裕，需要尋找室友共租房子，因而遇到主角夏洛克福爾摩斯（Sherlock Holmes）。夏洛克自稱 consulting detective「顧問偵探」，他的業餘嗜好是解決警察遇到的難解案件，而華生則負責在夏洛克身邊提供協助。

保留原著精神的同時，本劇也對角色與故事做出大膽全新的詮釋，並加入以現代科技為媒介的犯罪與破案技巧。角色塑造上結合現代影像科技，在畫面呈現上做了全新嘗試，將夏洛克獲取情報、在腦中疏理資訊的過程，以文字訊息方式同步顯示在螢幕畫面上，讓觀眾能跟著夏洛克的解謎思緒走，體驗到夏洛克的細微觀察力與驚人推理能力。

推薦理由

由於製作方的熱忱與用心，七年時間僅產出共 13 集的製作量，速度可說是異常緩慢，不過這也是此劇獲獎無數、令觀眾印象深刻的原因。

兩名主角皆由英國演員飾演，夏洛克的角色由班尼迪克康柏拜區（Benedict Cumberbatch）飾演，華生的角色則由馬丁弗里曼（Martin Freeman）飾演。本版的華生患有戰後創傷症候群，夏洛克則自稱是「高功能社交障礙者」，隨著劇情推展，兩位主角的個性也越鮮明立體，劇中穿插兩位主角的辛辣拌嘴，觀眾也可趁此體會英式幽默。

Sherlock: Nicotine patch. Helps me think. Impossible to sustain a smoking habit in London these days. Bad news for brainwork.

Watson: Good news for breathing.

夏洛克：尼古丁貼片幫助我思考。最近在倫敦要抽上一根煙很難。這對思考是壞消息。

華生：對呼吸倒是好消息。

　　本劇在懷著對原作敬意與做出大膽詮釋中取得完美平衡，絕對是一部必看的福爾摩斯改編影集。

英文聽寫重點

　　夏洛克說明推理過程的場景是聽力重點，因為他的思緒極快，因此說話語速非常快，用的詞彙與表達較為高階，要聽懂有一定難度，但字字珠璣，建議可以多聽幾次。除此之外，你也可以觀察劇中角色如何在言談中表達情緒，像是華生就會以自言自語的方式表達對自私自大的夏洛克的不滿。

There's no point sitting at home where there's finally something fun going on!
好不容易發生了這麼有趣的事，我怎麼可能還坐在家裡！

——夏洛克

Every fairy tale has a good old-fashioned villain.
每個童話故事都需要一個經典大反派。

——夏洛克

Glee 《歡樂合唱團》

美國　歌舞劇　喜劇　2009 ～ 2015

全 6 季　全 121 集　一集 40 ～ 50 分

難度 ★★

作品介紹

這部是描繪美國俄亥俄州麥金利高中的師生，聯手讓歡樂合唱團（Glee Club，glee 為「歡樂」的意思）起死回生的青春校園歌舞喜劇。曾經帶領歡樂合唱團參加州際合唱比賽的舒斯特（Will Schuester），回到了母校擔任西班牙文老師。舒斯特驚訝發現，曾經風光的歡樂合唱團如今空無一人，面臨廢社危機。之後他開始尋找具有歌唱才華的學生加入合唱團，帶領歡樂合唱團重返往日榮耀。而這些懷抱各自迷惘的學生，也透過歌唱找到自我。

推薦理由

劇中的高中生多是學校裡的怪咖，如不敢出櫃的同志少年、學校裡最惡名昭彰的混混、體重過重的黑人女孩、出車禍肢體殘障的輪椅男孩、生性害羞而假裝口吃的亞裔女孩等，他們的共通點就是熱愛歌唱。這些高中生懷抱著愛情、友誼、與未來出路的煩惱，與周遭大人的互動與深刻羈絆是一大看點。

另一方面，穿插其中的歌舞表演更是本劇精華所在。歡樂合唱團將過去名曲重新改編演繹，有時以插曲播放，有時以現場表演呈現，讓首首經典歌曲活了起來。音樂類型與年代不盡相同，一集最多會有三到四首歌曲。

英文聽寫重點

　　基本上都以高中生彼此輕鬆的會話為主，有許多日常可用的實用句子。

How are things? I hear you have taken over Glee Club. 最近如何？我聽說你接手合唱團了。

Don't get me wrong. 別誤會我。

I'm a bit of a coffee snob. 我對咖啡還蠻挑的。

I have to pick up an extra shift at work. We're living paycheck to paycheck. 我得加班。我們入不敷出。

　　雖然故事舞台是在高中校園，難免出現許多俚語，不過大都集中在喜歡逞凶鬥狠的角色台詞中，只要多加注意，應該能分辨出來。在舒斯特的指導場面中，也能學習許多名言佳句。

We were all raised by different parents, but we grew up in the glee club.

我們雖然來自不同家庭，但我們也在歡樂合唱團這個大家庭一起成長。

——舒斯特

Being part of something special does not make you special; something is special because you are a part of it.

成為特別事物的一份子，並不會讓你變得特別；而是你身處其中，才讓它成為特別。

——瑞秋

You can't change the past, but you can let go and start your future.

你無法改變過去，但你可以放下過去，開啓未來。

——昆恩

Downton Abbey 《唐頓莊園》

英國　歷史劇　2010 ～ 2015

全 6 季　全 52 集　一集 50 分

難度 ★★

作品介紹

　　以 1912 年到 1925 年的英國約克郡為故事舞台，刻劃了虛構的貴族考利家族（Crawley family）與其居所唐頓莊園中的人情冷暖。考利家當家格蘭特罕伯爵（Earl of Grantham）與妻子珂拉（Cora）育有三位女兒，夫妻倆總擔心女兒們的未來。

　　歷經工業革命與第一次世界大戰，英國貴族制度搖搖欲墜，連領地的經營都陷入困境。侍奉貴族的管家與女僕也遭受時代衝擊，開始對階級社會抱有疑問。這部時代劇優雅地描繪了在動盪時代裡維持榮譽、盡力生存的貴族風骨。

　　本影集在推出當時掀起了一股復古奢華熱潮，從管家制度再次流行、酒類銷量重新拉高，到掀起復古時尚潮流，可見此影集的影響程度之大。2019 年更將這部影集搬上了大螢幕，推出了電影版，描述考利家族接待英國國王喬治五世與瑪麗皇后的故事，你將會看到聲勢浩大的皇家盛宴場面。

推薦理由

　　由於是刻劃貴族生活的英國歷史劇，豪華宅邸、富麗堂皇的餐廳、華麗繁複的服裝是最大看點。豐盛的下午茶、賽馬、金碧輝煌的社交晚宴等奢華場景奪人眼球。愛情要素也

不少，細膩描寫了貴族千金不願賤賣自己的複雜情感。

另一方面，也有家人病倒或投入第一次世界大戰從軍的傭人等情節，可以窺見當時英國混亂的社會情勢。整體而言，這是一部能夠看到當時英國貴族與平民生活百態的細膩歷史影集。

英文聽寫重點

本劇由於有貴族與傭人，因此可以一窺當時的階級口音差異，貴族總是說著一口優雅的「標準英文」發音，而傭人則會使用簡單用字，說的英文也帶有腔調，這之間形成有趣對比。

在貴族面前畢恭畢敬的女僕，在沒有外人時也會談論「貴族制度是不是走到盡頭了」「該找新工作了」等等的話，這時候便可以聽到有些粗魯的英文表達。不過率領唐頓莊園傭人的管家卡森（Charles Carson）是例外。卡森總是穿得端正、舉止優雅，使用嚴謹、格調高雅的英文說話，每句都是值得記錄的金玉良言。

想一探英文諷刺言語的觀眾，請務必不要錯過貴族老太太薇樂（Violet）的絕妙台詞，她時不時飛來一筆諷刺言語堪稱一絕。

Carson: Hard work and diligence weigh more than beauty in the real world.

Violet: If only that were true.

卡森：這世上勤奮努力比外貌來得可貴。

薇樂：要真是這樣就好了。

Always retain a sense of pride and dignity.
永遠要維持驕傲與尊嚴。

——卡森

Does it ever get cold on the moral high ground?
你站在道德高地上就不冷嗎？

——薇樂

Ru Paul's Drag Race

《魯保羅變裝皇后秀》

美國	實境秀	2009～

目前 11 季	145 集	一集 50 分

難度 ★★★

作品介紹

　　劇中主角魯保羅（Ru Paul）從 30 年前就活躍至今，是全美最成功的變裝皇后（drag queen，即女裝男性），也是所有變裝皇后心中如教主般的存在。為得到他（她？）的認同，成為美國第一的 Next Drag Superstar「下一位超級變裝巨星」，來自全美的變裝皇后集結在此，穿著華麗走上伸展台。在激烈的競爭中，出場選手不斷遭到淘汰，留到本季的最後一人就能得到「超級變裝巨星」的稱號與獎金。

　　這部影集成為 LGBTQ（Q 是 questioning「酷兒」，指對性別認同感到疑惑的人）表現自我的舞台，將變裝的概念普及到大眾，成為美國一大社會現象。

推薦理由

　　擁有特立獨行的個性與天才般化妝技術的變裝皇后們，會在大型工作室裡埋頭思索一星期，努力達成一週一次的課題。由於每週都有人淘汰，因此伸展台上每個人都全神貫注，努力呈現出最好的自己，期望在下一回合嶄露頭角。競賽內容從走秀、做衣服、化妝、拍照、拍廣告、舞蹈唱歌脫口秀都有，可說是包羅萬象。劇情會貼身採訪這一連串的準備過程，將她們努力的演出的背後努力與心機完整呈現在螢

幕面前，是集結實境類節目大成的精采影集。

我自己最喜歡的橋段是對每位出場者的訪問。美國南部是對性別自由特別不友善的地區，所以南部出身的皇后總能在訪談中述說她們令人動容的親身體驗。對性別價值觀始終保持寬容的魯保羅讓我尊敬不已。

除了參賽者外，客座評審更是一季比一季豪華，連女神卡卡（Lady Gaga）也曾蒞臨。

英文聽寫重點

劇中來自各種背景的參賽者，所以所說的英文充斥著各種俚語，如果想見識高水準的唇槍舌戰，請務必看看此部作品。

此外，本劇模擬實境秀，與一般影集不同，直接反映真實狀況，所以說話含糊或斷斷續續是常有的事，聽寫難度會比較高。

If you can't love yourself, how the hell are you gonna love somebody else!?
如果你不先愛自己，你要怎麼愛別人！？

——魯保羅

Don't get bitter. Just get better.
在酸別人之前，先把自己變強吧。

——艾里莎

Gilmore Girls

《吉爾莫女孩／奇異果女孩》

| 美國 | 溫馨 | 2000～2007 |

| 全 7 季 | 全 153 集 | 一集 50 分 |

| 難度 ★ |

作品介紹

　　以美國康乃狄克州的小鎮星城（Stars Hollow）為舞台，描寫當地望族吉爾莫家的祖母、母親、女兒的祖孫三代情。主角羅莉（Rory Gilmore）是母親萊拉（Lorelai）在 16 歲時所生的女兒，是個愛看書，會幫忙單身母親的貼心女孩。祖母艾蜜莉（Emily）是位雍容華貴、個性堅強的婦人，總是與退休丈夫期待著孫女羅莉的來訪。在這個環境封閉人心卻溫暖的小鎮中，吉爾莫家的女性抱持著複雜的思緒，度過一天又一天的生活。

　　2016 年推出衍生劇《生命中的一年》（*Gilmore Girls: A Year in the Life*），演出這對母女經過九年之後的現況。

推薦理由

　　以羅莉的視角為主軸，描寫平凡無奇的卻又和煦平緩的日常生活。雖然有特色的居民錦上添花，但故事主要還是聚焦在細膩、鮮明的人生風景。工作、升學，再加上戀愛與家庭關係，旁人看來微不足道的小事，都是足以左右當事者人生的大事，而觀眾也隨著這對母女的生活點滴，從中找到跟自己生活的共鳴之處。

裡頭也運用了大量美國流行文化梗，對於美國文化有興趣的觀眾請不要錯過。

英文聽寫重點

這部影集很生活化，所以角色對話的台詞與場景都很適合拿來練習英文會話，加上偏喜劇路線，觀賞起來很輕鬆。

劇中以萊拉為首，皆是腦筋動得很快、台詞趣味橫生的角色。如 "I can't not do that."（我不能不做。）之類大玩文字遊戲般多變的英文表達也有很多。

雖然怒罵的台詞也不少，但幾乎沒有俚語。正因為都是直白坦率的表達方式，不論記下誰的台詞，都能在實際生活中派上用場。

Who cares if I'm pretty if I fail my finals?
如果我期末考考差了，誰在乎我漂不漂亮啊？

——羅莉

I didn't make the rule. I just play by it.
規則不是我訂的，我只是照著玩。

——米契爾

Memo

國家圖書館出版品預行編目資料

看美劇，説出一口好英文：一天 30 分鐘＋高效筆記術，訓練
用英文思考的大腦，從聽説讀寫全面提升英文實力！/ 出口武
賴著；林農凱譯. -- 初版 .-- 臺北市：日月文化，2020.02
　面；　公分 . -- (EZ talk)
譯自：海外ドラマで面白いほど英語が話せる超勉強法

ISBN 978-986-248-862-1(平裝)

1. 英語 2. 讀本

805.18　　　　　　　　　　　　　　　　108022996

EZ TALK

看美劇，説出一口好英文

一天 30 分鐘＋高效筆記術，訓練用英文思考的大腦，從聽説讀寫全面提升英文實力！

海外ドラマで面白いほど英語が話せる超勉強法

作　　　者：出口武賴（Burai Deguchi）
插　　　畫：山崎達也（Tatsuya Yamasaki）
譯　　　者：林農凱
企劃責編：鄭莉璇
封面設計：江孟達
內頁設計：蕭彥伶
行銷專員：林盼婷

發 行 人：洪祺祥
副總經理：洪偉傑
副總編輯：曹仲堯
法律顧問：建大法律事務所
財務顧問：高威會計師事務所

出　　　版：日月文化出版股份有限公司
製　　　作：EZ 叢書館
地　　　址：臺北市信義路三段 151 號 8 樓
電　　　話：(02) 2708-5509
傳　　　真：(02) 2708-6157
網　　　址：www.heliopolis.com.tw
郵撥帳號：19716071 日月文化出版股份有限公司

總 經 銷：聯合發行股份有限公司
電　　　話：(02) 2917-8022
傳　　　真：(02) 2915-7212
印　　　刷：中原造像股份有限公司
初　　　版：2020 年 2 月
定　　　價：330 元
ISBN：978-986-248-862-1

海外ドラマで面白いほど英語が話せる超勉強法（KAIGAIDORAMA DE OMOSHIROI
HODO EIGO GA HANASERU CHOBENKYOHO）© Burai Deguchi 2019 First published in
Japan in 2019 by KADOKAWA CORPORATION, Tokyo.
Complex Chinese translation rights © 2020 Heliopolis Culture Group, arranged with
KADOKAWA CORPORATION, Tokyo through Keio Cultural Enterprise Co., Ltd.
ALL Rights Reserved.